우리 가족,
숲에서 살기로 했습니다

우리 가족,
숲에서 살기로 했습니다

Vistabella

김신둘
지음

시공사

Prologue

지
금
이
순
간

바람이 산뜻하게 얼굴을 훑고 지나가는 해 질 녘 자전거 산책 길 위. 세 아이가 내 앞을 와르르 앞지른다. 첫째 산드라는 맏이라 그런지 맨 앞에서 길을 열며 달리고, 셋째 사라는 언니 뒤를 바짝 따르며 꽃과 바람에 대해 종알종알 이야기를 잇는다. 둘째 누리는 언제나 그렇듯 앞서 나가다가도 자전거를 멈추고 뒤돌아본다. 나를 기다리기 위해.

성격도 개성도 다른 세 아이는 오늘도 이 넓은 고산 들판에서 마치 처음인 듯 함성을 지르면서 달리고 멈추기를 반복한다. 길가에 소담스럽게 핀 버섯, 오종종하게 펼쳐진 소나무 숲의 향기, 유유자적 들판을 헤집는 양 떼 때문에 멈추는 아이들. 항상 걷는 같은 길, 같은 풍경인데도 아이들은 매일매일 새로운 나날의 신기한 모험 같은가보다.

부지런히 아이들을 뒤따르는 내 자전거도 돌멩이 길을 지나 흙길에 올라선다. 울타리 안쪽에서 여러 마리의 소들이 묵묵히 풀을 뜯으면서 신기한 듯 이방인을 훔쳐본다. 나도 자연스럽게 그들의 눈길을 느끼며 묵묵히 달린다. 그때는 지금 이 순간을 상상이나 했을까? 한 치 앞의 삶도 예측할 수 없었던 그때, 이렇게 멀리 돌아오게 만든 그때 그 순간……

남편과 나는 네팔에서 만났다. 그는 스페인 사람이었고, 자전거 세계일주 중인, 지독한 독신주의자였다. 나는 그때 인도와 네팔 등지를 여행하며 20대 중반에 접어든 내 삶을 고민하고 있었다. 자전거를 끌던 곱슬곱슬한 머리의 이방인을 만난 순간, 어쩌면 나는 지금의 미래를 신선한 바람처럼 상상했을지도 모르겠다. 카트만두의 더르바르 광장에서 우리 두 사람이 나눈 대화는 아주 짧았지만 강렬했다. 나는 사람과 사람 사이에 관계가 형성되게 만드는 신뢰가 무엇인지 그날 배웠다.

"사람이 만나고, 결국 인연이 다해 헤어질 때 서로 상처 주는 일들이 가득하잖아? 그때 남은 상처가 너무 깊어 시간이 흘러도 회복되지 않을 때가 있어. 진정 소중한 관계라면 헤어지거나

멀리하게 되더라도 상대방의 상처를 치유해주고 떠나야 하는
게 아닐까 싶어."

그의 말은 충격적인 진실로 다가왔다. 사실 우리에게 가장 필
요한 세상과의 관계는 이런 게 아닐까. 죽을 때조차도 남겨진
이들의 아픔을 치유하고 떠나는 책임감 같은 것. 나는 남편을
만나 비로소 소소한 것들의 가치를 배웠고, 세상에 숨어 있는
다양한 진실을 보게 되었다. 그렇게 그와 이 여행을 함께 시작
했다. 스페인 고산에 집을 짓고, 세 아이를 자연에서 키우며 생
태계를, 자연의 위대함을, 한국과 다른 스페인 문화를 배우면서
인생 여행을 하게 되었다. 내가 세상에 살아 있는 한, 예의를 지
키며 세상을 살아보자는 마음으로.

네팔에서 처음 만난 남편이 내게 손을 내밀었듯이 앞서가던
아이들이 손을 흔든다.

"엄마! 빨리 오세요. 집이 바로 앞이에요."

가장 뒤처지는 엄마에게 빨리 오라고 재촉하는 아이들.

지금 이 순간, 다시 돌아서 앞으로 달려가는 아이들의 뒷모습
을 보면서 저들도 마음껏 이 세상을 여행하면서 행복했으면 하
는 바람이 든다. 사람과 자연의 조화로운 공존을 이해하는 따뜻
한 시선을 가지고.

저녁녘의 저물어가는 노을이 붉다. 남편이 저녁밥을 준비하
는 따뜻한 집이 바로 이곳이다. 스페인 해발 1200미터의 고산
마을, 비스타베야(Vistabella).

part. 1

600만 원으로 산
200년 된 우리 집

자연의 품에서
자라는 아이들

고산 가족의
자급자족 행복 일기

Vistabella

600만 원으로 산
200년 된 우리 집

스페인이
내게 새롭게
가르쳐준 것들

16년 전, 무작정 날아온 스페인. 그때의 나는 무엇을 하고 싶은지, 어떻게 해야 할지 정말 막막했다. 우선 발렌시아의 옛 거리에 있는 '바리오 데 치노(Barrio de Chino)'라는 좁은 골목에 작은 방을 하나 얻었다. 이 골목의 이름을 직역하면 '중국인의 거리'지만 실제로 중국인은 없고 현지인들 사이에서 '홍등가', '창녀들의 거리'라는 은어로 불렸다. 그렇다고 해서 한국이나 태국의 홍등가처럼 노골적으로 남성을 유혹하는 거리는 아니었다. 오래된 건물 사이사이에 여성들이 띄엄띄엄 서성이다가 고객을 만나면 거리를 뜨는 정도였다. 나는 이 골목의 3층짜리 아파트에서 두 스페인 여자와 함께 자취하면서 스페인어 강습을 듣기로 했다. 방값이 싸다는 이유로 고른 방이었기에, 이래저래 불편한 게 사실이었다.

하지만 인간은 적응의 동물이라 하지 않았던가. 나는 얼마 지나지 않아 동네의 구석구석을 관찰하는 재미에 푹 빠져들었다. 밤마다 성매매 여성들이 행인을 붙잡고 흥정하던 광경은 아침이 되면 언제 그랬냐는 듯 사라지고 일반 서민이 사는 동네의 풍경이 펼쳐졌다.

이 동네에 사는 여성들은 인종부터 외모까지 참으로 다양했다. 나는 한가한 날이면 종종 이 이색적인 광경을 조용히 구경하곤 했다. 아프리카에서 온 아름다운 흑인 여성이 지나가는 남자를 끌어들이는 유혹, 마약이나 코카인을 일삼는 약물 중독자들의 고함, 마약범이나 불법 성매매 여성을 단속하기 위해 출몰하는 경찰과 그들이 나타나면 삽시간에 쥐죽은 듯 고요해지는 풍경 등. 수많은 사연을 간직한 채 이곳까지 흘러왔을 여인들의 모습이 내 눈에는 때로는 서글프고 때로는 독특하고 또 신기했다. 지금은 이들의 자취가 흔적도 없이 사라졌다. 한때 정치적 목적으로 홍등가를 없애버린 것이다.

나는 당시 변호사와 대학생과 함께 살았다. 가격이 저렴한 동네인 만큼 싱글이 많았다. 한국이었으면 이런 동네에 산다는 것을 수치스럽게 여길 법도 한데, 스페인 젊은이들은 전혀 개의치 않았다. 오히려 성매매 산업이 합법화되어 어두운 그림자가 없어지길 바라는 눈치였다. 20대 중반에 이국땅에 온 나는 아직 정립되지 못한 가치관을 가지고 있었다. 지금 가지고 있는 생각도 이곳에서 영향을 받은 것이 많다. 당시 강렬했던 인상은 이런 것들이었다.

외국인에 대한 시선

　불법 이민자를 보는 스페인 사람들의 인식은 놀랄 만큼 열려 있어 그들을 범죄자 취급하는 태도는 어디에서도 찾아볼 수 없었다. 오히려 스페인어를 무료로 가르쳐주고, 이들이 정착할 수 있도록 무상 서비스를 제공하는 변호사도 있었다. 변호사인 내 룸메이트도 수요일마다 불법 이민자를 위한 봉사활동을 했다. 특히 정치적 이유로 고국을 등지거나 국가의 탄압을 받아 망명한 사람들의 신변 보호는 무척 철저히 지켜졌다.

　그중 가장 기억에 남는 망명자는 색조 결핍증이 있던 탄자니아 친구다. 그는 흑인이었지만 멜라닌 색소의 결핍으로 백인에 가까운 외형이었는데, 같은 공동체에서는 그게 폭력의 원인이었던 모양이다. 하얀 몸이 행운을 준다는 미신이 있어 많은 이들이 그의 몸 일부를 가지려고 폭력까지 동원했단다. 말을 겨우 하는 어린아이까지도 그에게 돌을 던졌다니 참 고단한 인생이었을 것이다. 생명의 위협을 느낀 그는 살길을 찾아 결국, 스페인으로 망명 신청을 했고 운 좋게 망명이 받아들여졌다. 살기 위해 모든 것을 등지고 떠나왔으면서도 그는 자신을 따돌린 흑인 브라더스(Brothers)와 고향을 그리워했다. 자신이 흑인이라는 사실을 자랑스러워해 수시로 자랑도 했다. 어찌나 자부심이

강한지 보다 못한 스페인어 교사, 마놀로가 이런 농담을 할 정
도였다.

"¡No, tú no eres negro, eres blanco! (아니야, 너는 흑인이 아니
라 백인이라니까!)"

이 아이러니 앞에서 우리는 함께 까르르 웃었다. 뿌리 깊이
흑인의 피가 흐른다는 사실을 항상 자랑스러워하는 이 친구도,
누구 하나 그를 따돌리거나 차별하지 않는 스페인 사람들도 참
보기 좋았다. 스페인 젊은이들이 불법 체류자를 대하는 이런 자
세와 관용이 인상 깊었다. 때로는 농담으로 이민자의 울적한 마
음을 달래주고, 때로는 법 자문으로 현실적인 도움을 주고, 때
로는 집으로 초대해 발렌시아의 문화를 느끼게 해주는 모습에
서 진정한 인간애를 느꼈다.

여성 인권에 대한 가치관

그뿐이 아니었다. 나는 남편 덕분에 스페인에서 다양한 친구
그룹을 만날 수 있었는데, 특히 한 여성 모임이 인상적이었다.
그들은 천편일률적인 방식에 대항하며 다양한 이념을 행동으로
보여주었다. 어느 날, 친구 집 모임에서 한 여성이 치마를 입은

채 소파에 앉아 다리를 쫙 벌리는 장면을 목격했다. 보기 흉하고 경망스럽다는 생각이 든 나는 남편에게 "스페인 여자들은 여성미라곤 통 없는 것 같아."라고 말했는데 남편이 정색했다.

"스페인 여자들은 전통과 관습에 대해 '왜 그래야 하는가'라는 질문을 던지지. 남들이 뭐라고 하든지 자신이 하고 싶은 대로 행동해. 겨드랑이 제모도 하지 않고 남들 앞에서 트림을 하기도 해. 대체 여자답다는 것의 기준이 뭐지?"

반여성적인 행동으로써 페미니즘을 강조하는 방식이 불편했던 나는 시간이 지나면서 점차 그들의 이념과 행동을 이해할 수 있었다. 그녀들은 외모지상주의를 거부하고, 태어난 그대로의 모습, 남자들의 시선이 아닌 자신의 진정한 모습과 자아를 찾기 위해 부단히 노력하고 있었다. 외모뿐만 아니라 생활 전반에서 누구에게도 기대지 않는 태도를 지향했다.

"¡Libre como una loca! (미친 여자처럼, 자유롭게!)"

진정한 여성의 권리를 찾기 위해 교육 현장에서, 건설 현장에서, 정치권에서 활동하는 모습을 보며 나는 강력하고 자유로운 여성의 존재 방식이 무엇인지 처음 깨달았다.

애국심에 대한 다른 견해

나를 충격에 빠뜨린 색다른 문화는 또 있다. '축구' 하면 껌벅 죽는 스페인 친구들과 국가 대표 축구 경기를 볼 때였다. 당연히 한국을 열렬히 응원하던 나는 조금 이상한 점을 발견했다. 그들 중에는 스페인팀을 응원하는 사람이 많지 않았다. 나중에 알고 보니 스페인 사람들은 '애국심'을 하나의 정치 성향으로 받아들이고 있었다. 좀 더 정확히는 애국심이란 어떤 국가를 맹신하는 행위쯤으로 치부하는 시선이 일반적이었다.

그도 그럴 것이 스페인은 다인종, 다민족 국가다. 지금도 갈리시아, 바스크, 카탈루냐, 발렌시아에서는 마드리드 주와 다른 언어를 사용한다. 물론 같은 라틴계(바스크어 예외)라 상당히 비슷하지만, 방언으로 보기에는 명확하게 다른 언어다. 그 당시에는 에따(ETA)라는 바스크 독립 단체가 테러를 일으키기도 했다. 지금도 카탈루냐에서는 독립 문제로 중앙 정부와의 마찰이 빈번하게 일어난다. 이렇게 언어가 다르고, 민족이 다른 지역이 하나로 합쳐졌을 때 '애국심'은 상당히 불편한 이데올로기가 된다. 더군다나 스페인의 독재자 프랑코의 집권 시절에는 이 애국심을 정치 목적으로 이용하여 많은 사람들이 숙청을 당하기도 했다. 그래서 스페인 사람들에게 '애국심'은 곧 '파시즘'과 동일

한 것으로 취급된다.(물론 사회 계층과 집단에 따라 그 쓰임이 다를 것이다.)

2002년 한국이 월드컵 4강까지 갔을 때도 그랬다. 그들은 한국이 스페인의 우승을 빼앗아 갔다며 격렬히 분노하면서도 집단주의적인 행동을 하지 않았다. 국가 대표의 승패에 크게 연연하지도 않았다. 국가 대표팀보다 각 주의 축구팀을 응원하는 것이 더 당연하다고 여겼기 때문이다. 이 밖에도 내가 처음 스페인에 와서 겪은 여러 경험은 문화적 충격이라는 표현이 딱 맞을 만큼 색다르고 신선했다.

스페인에서 보낸 첫 3개월은 그야말로 눈 깜짝할 사이에 지나갔다. 매일 눈을 뜨면 완전히 새로운 하루가 시작됐고 매 순간이 설레었다. 내 인생에 그만큼 흥미진진한 시간이 다시 올까 싶을 정도로.

하지만 그즈음 나는 중요한 갈림길에 서 있었다. 무비자 체류 기한이 임박했다. 바람에 가을 냄새가 섞여 있던 그해, 11월. 나는 한국으로 돌아갈지 스페인에 더 체류할지 결단을 내려야 했다. 원래 남미에 가고 싶었으나 갑작스러운 스페인 체류로 경비에 많은 타격을 입었기에 돈을 벌지 않으면 안 되었다.

인종 차별
아니에요

스페인에서 길을 걷다 보면 자주 받는 질문이 "¿China?(중국에서 왔니?)"이고 다음은 "¿Japón?(일본에서 왔니?)"이다. 과거보다 한국을 잘 아는 사람들이 늘긴 했지만 스페인에서 한국은 여전히 먼 나라다. 외국에 살다 보면 인종 차별을 예민하게 포착하는 능력이 생긴다. 하지만 스페인에서 오래 살아보니 대부분 소통의 부족이나 문화적 차이에서 오는 해프닝인 경우가 많다는 것을 알게 되었다. 몇 가지 대표적인 오해를 예로 들어본다.

'치나, 치나' 하며 놀린다

스페인에 처음 와서 가장 많이 들었던 말이 바로 치나(China, 중국 여자)다. 일일이 다가가 "난 한국에서 왔거든!" 하고 대답해줄 수 없어 답답했다. 하지만 내막을 알면 그리 화낼 일도 아니다. 스페인 사람들이 동양인을 볼 기회가 거의 없던 시절, 모든 동양인을 통틀어 '중국 사람'으로 칭했다. 거기서 비롯되어 지금도 동양인을 그렇게 부르는 사람들이 많다. 비스타베야에 정착할 때

동네 할머니들도 나를 '치나'라고 불렀는데, 나는 개의치 않으면서도 다가가 "소이 코레아나(전 한국 사람이에요)."라고 속삭이곤 했다.

면접에서 날 떨어뜨리다니

한번은 공공기관에서 1년 계약직 면접을 본 적이 있다. 결과는 불합격. 사회 경험이 전혀 없던 남자가 합격했다. 경력이나 학력 면에서 내가 월등했는데 이해할 수 없는 결과였다. 나는 너무 억울해 인종 차별이라며 화를 냈다. 그때 주위 사람들이 하나같이 하던 말이 있다. "이것은 인종 차별이 아니라 엔추페(Enchufe)라는 거야. 합격한 친구가 이곳에 인맥이 있었던 것일 뿐이야." 엔추페는 스페인어로 '플러그'라는 뜻이다. 스페인식 혈연, 지연, 인맥을 일컫는 말로도 쓰인다. 스페인에는 엔추페가 아주 많다.

왜 이름을 불러주지 않고 세뇨라(Señora)라고 하지?

병원이나 공공기관에서 대기할 때 순번이 오면 스페인 사람들은 "호세", "파울라" 등 대기인의 이름을 부른다. 그런데 웬일인지 나는 이름을 부르지 않고 "세뇨라(부인, 사모님)"라고 부른다. 처음에는 상당히 불쾌했다. 하지만 내막을 알고 나서 한참 웃었다. 예컨대 '현대'라는 이름의 스펠링은 'Hyundai'인데 스페인식으로 부르면 '윤다이'가 된다. 그러니 스페인 사람들은 행여 외국인의 이름을 잘못 부르면 어떡하나 걱정이 많고 엄청나게 부끄럼을 탄다. 그들이 부르기 쉬운 애칭을 알려주는 것도 좋은 방법이다.

이상한
프러포즈

나는 그를 분명 좋아하고 있었다. 하지만 그게 사랑인지 우정인지는 헷갈렸다. 점점 더 그를 의지하고 좋아했지만 정작 그에게 결정적인 애정 고백을 들은 적은 없었다. 시간은 흐르고, 돈이 떨어져갈수록 나는 초조했다. 가끔 한국에 있는 엄마에게 전화라도 걸면 "얼른 돌아와서 돈 벌어 시집갈 궁리는 안 하고 어딜 싸돌아다니냐?"며 채근이 대단했다. 해외여행이 보편화되지 않았던 때라 20대 철부지 딸 걱정이 이만저만이 아니었을 것이다. 비싼 국제전화 너머에서 노발대발하는 엄마의 목소리를 들은 날이면 급격히 우울해지고 답답했다. 다시 한국에 돌아가기 싫었다.

'엄마, 난 결혼하고 싶은 사람이 따로 있어요.'

속말은 안에 꽁꽁 감춰둔 채 시간은 잘도 흘러갔다.

드디어 여행자라는 외투를 벗고 현실로 돌아가야 할 시간. 나는 한국으로 돌아가기 전, 마지막 여행이라 생각하고, 늦가을을 체코에서 보내기로 했다. 비자 시한도 연장해야 했지만, 스페인과 거리를 두고 내 미래와 그에 대한 감정을 차분하게 돌아보고 싶었다. 연애 경험이라곤 전혀 없었던 나는 내 감정이 두려웠다. 그를 만나면 세상의 모든 두려움과 불안이 사라질 만큼 편안했다. 외로움도 고독도 금세 사라졌다. 같이 있는 것만으로도 그런 느낌을 주는 사람은 난생처음이었다. 하지만 외국인인 그와의 소통에는 한계가 있었다.

11월의 프라하는 스페인과 매우 달랐다. 잿빛 하늘, 우중충한 날씨, 일찍 떨어지는 해는 인생의 중대한 결단을 앞둔 여행자를 더욱 외롭게 만들었다. 그날도 나는 혼자였다. 나무 인형극 《돈 조반니》를 보고 나온 저녁, 나는 한적한 카페에 들어가 따뜻한 차를 마시며 마음을 정리한 후 엽서 한 장을 썼다. 헤어질 땐 헤어지더라도 한 번쯤은 내 마음을 제대로 전해야 했기에. 카를교의 아름다운 모습이 담긴 엽서에 나는 서툰 스페인어로 편지를 쓰기 시작했다.

'나에게 자유가 무엇인지 알려준 친구, 스페인에서 보낸 3개월은 네가 있어서 정말 가슴 벅찰 만큼 행복했어. 나는 이제 한국으로 돌아가 너와는 다른 삶을 살아갈 거야. 어쩌면 이 글이 마지막이 될지도 모르겠다. 설령 멀리 떨어진다 해도 우리, 이 우정은 오래 간직했으면.'

갑자기 누군가가 "혹시 한국인이세요?" 하고 물었다. 나는 깜짝 놀라 쓰던 엽서를 까맣게 잊은 채 반가운 한국인과 이야기를 나누었다. 결국 엽서는 카페에 두고 나왔다. 그 친구와는 남은 여정을 동행하게 되었고 엽서의 존재는 잊어버렸다.

한 달간의 체코 여행을 마치고 짐을 챙기러 스페인으로 돌아와 귀국일을 기다리던 어느 날 그가 찾아왔다.

"있잖아. 그러지 말고, 나와 결혼하지 않을래?"

마치 "나랑 밥이나 먹을까?"라고 묻듯 편안한 말투였다. 뜻밖의 고백에 놀라 말을 잇지 못하는 사이 그가 다시 말했다.

"네가 체코에 가 있는 동안 생각해봤는데, 네 자유를 위해 너와 결혼해야겠다는 생각이 들어."

아니, 이게 무슨 궤변이란 말인가?

"뭐라고? 내 자유를 위해 결혼하자고?"

"네가 한국에 돌아가면 언제 널 다시 보게 될지 모르잖아. 그리고 같이 있으면 이렇게 편안한 사람을 쉽게 만날 수 있을까? 나도 너를 만나면 얼마나 편하고 좋은지 몰라. 우리 결혼하자. 그리고 함께 자유롭게 살자."

귀로 듣고도 믿을 수 없다는 것이 바로 이런 게 아닐까. 그는 내게 프러포즈를 하고 있었다. 평생 독신을 고집하던 이 남자가 지금 내게 결혼하자고 말하는 것인가. 나는 믿을 수 없다는 얼굴로 그를 바라봤다.

"스페인이 좋다며? 나도 좋아한다며? 한국에 가도 나만큼 편안한 사람은 만나기 어려울 걸? 사실은 나도 너를 사랑해. 나, 네게 평생 편안한 사람이 되어주고 싶어. 나도 너와 있으면 아주 편안해."

그의 눈빛에서 진심이 묻어나고 있었다.

'당연하지. 나도 너를 얼마나 좋아하는데.'라는 대답 대신 나는 그를 뜨겁게 껴안았다.

우리는 서로를 좀 더 자세히 알기 위해 함께 살아보기로 했고 결혼식을 치르기 전까지 3개월을 살았다. 우린 생각했던 것보다 훨씬 잘 맞았고 또 행복했다.

소박하고 조촐했던 결혼식 날, 그가 불현듯 종이 한 장을 내밀었다.

"체코에서 보냈던 엽서 기억나? 사실 이 엽서를 받고 너와의 결혼을 고민하게 됐어. 널 평생 보지 못한다고 생각하니 너무 괴롭더라. 그때부터 네가 미치도록 그리운 거야. 네가 여행에서 돌아오길 얼마나 기다렸는지 몰라."

그제야 나는 체코에서 잃어버린 엽서가 생각났다.

"어? 난 엽서를 부친 적이 없는데?"

그의 손에서 엽서를 낚아채 보았다. 분명 내 손글씨였다.

세상에, 이런 운명 같은 일이 있을까? 프라하의 카페에 두고

온 엽서를 발견한 어떤 사람이 손수 우표를 붙여 스페인으로 보
낸 것이다. 예지몽을 꾸고 남편을 처음 만난 네팔의 카트만두로
향한 것이며, 부치지 않았는데 체코에서 스페인으로 날아간 엽
서까지 운명은 그렇게 우리 두 사람을 묶어 주고 있었다. 이 기
회를 빌려 프라하에서 엽서를 부쳐준 그분께 감사드리고 싶다.
당신의 작은 배려가 우리 두 사람의 운명을 완전히 바꿔놓았습
니다. 정말 고맙습니다.

　나는 남편을 한국식으로 '산똘'이라는 애칭을 만들어 불렀다.
당시 그는 산림학을 공부하고 있었기 때문에 산처럼 똘똘한 사
람이라고 산 지킴이, 산을 사랑하는 돌쇠 같은 사람이라고 해석
을 붙였다. 이 애칭은 지금 우리의 모습을 예견하게 되었다.

스페인 젊은이들의
연애 방식

스페인에 와서 놀란 것 중의 하나가 젊은이들의 연애 방식이다. 매우 실속 있고, 활력 있으면서도, 검소하다고 해야 할까? 스페인 젊은이들의 데이트는 요리해주기, 취미 생활 공유하기, 같이 여행하기, 함께 배우기 등이다.

데이트 음식은 내 집에서 직접 만들어 먹는다
외식하며 돈 쓰는 것을 이해하지 못하는 이곳 사람들은 음식은 거의 집에서 해 먹는다. 스페인식 연애의 기본은 '요리하기'라고 해도 과언이 아니다. 음식을 직접 만들어 상대방의 마음에 들고 싶어 한다. 물론 어쩌다 한두 번 특별한 날엔 외식을 하기도 한다. 하지만 평소에 큰 돈을 들여 외식하고 영화를 보는 커플은 거의 보지 못했다. 비싼 음식 값을 내는 대신 차라리 여행을 가자는 주의다. 돈 없는 젊은이들은 데이트 비용이 생기면 요리 재료에 돈을 쏟아붓는다.

야외 스포츠로 즐거움을 공유한다

등산, 암벽 등반, 카약, 도보 여행, 자전거 여행 등 돈이 많이 들지 않는 야외 스포츠를 아주 좋아하고 즐긴다. 열 명 중 여덟 명은 야외 데이트를 한다고 보면 된다. 만나면 무조건 실내를 벗어나 야외로 가며 주말에는 농촌으로, 어촌으로 떠나는 게 일상적이다.

마음이 맞으면 동거를 시작한다

한국에서는 아직 혼전 동거 문화가 낯설지만 스페인에서는 동거를 일상의 한 부분으로 당연하게 받아들인다. 오히려 결혼을 꺼리는 사람들이 더 많다. 막대한 돈이 들어가는 결혼식 대신 커플 계약을 하고 산다. 커플 계약은 동거에 필요한 법적 효력도 지닌다. 동거 기간 중에 한쪽이 사망한다 해도 다른 쪽이 유산을 받을 수도 있고, 반대로 헤어질 때도 법적 권리에 따라 소유물을 나눈다. 결혼식만 올리지 않았을 뿐 결혼 생활과 똑같다고 보면 된다.

부자는
절대 받을 수
없는 장학금

스페인에 정착한 후, 나는 본격적으로 도자기를 배우기 위해 발렌시아에서 유명한 마니세스 도자기 학교(ESCM)에 등록했다. 뒤늦게 하는 공부가 더 재미있다고들 한다. 직업과 명예, 이력에 목적을 두지 않는 배움이라 늦은 나이에도 정말이지 설레었다. 비록 언어 문제로 처음에는 무슨 말인지 도무지 알 수 없었지만, '새로 시작하는, 진정 내가 좋아하는 공부를 한다.'는 생각에 학교에 가는 매일이 벅찼다.

한국에서 대학교에 다닐 때도 이런 마음으로 공부했으면 얼마나 좋았을까. 부모가 바라는 '선생님'이 되기 위해 입학했지만 흥미를 느끼지 못했다. 아니, 대학에 들어가 갑자기 주어진 자유에 놀라 조금은 방탕하지 않았나 싶다. 내가 어른이 될 수 있었던 그 시간을 어수선하게, 제대로 크지 못하고 방황했으니 한국에서의 대학 시절을 생각하면 소중한 시간을 활용하지 못하고 허비한 것만 같아 무척 안타깝다. 차라리 하기 싫은 공부를 집어치우고 4년 동안 내가 진정 좋아하는 일을 했으면 어땠을까 후회할 때도 있다. 그러나 이미 지나간 일이었다. 새로 시작하는 도자기 공부에 나는 온몸과 정신을 바쳤다.

배우면 배울수록 도자기를 공부하는 것도 재미있었지만, 스페인어의 매력에도 흠뻑 빠졌다. 영어와 달리 문자 그대로 쓰고 발음하면 되니 신이 내려준 언어라고 감탄할 수밖에. 수업 시간에 들은 내용을 그대로 노트에 적은 다음, 집에 와 사전을 찾아가면서 공부하는 재미가 대단했다. 도자기와 동시에 언어공립학교(EOI)에 입학하여 스페인어 강좌도 들었다. 두 학교에 다니면서도 전혀 힘들지 않았다. 사랑하는 사람과 속 깊은 대화를 나누고 싶다는 마음 때문에 나의 스페인어 실력은 하루가 다르게 늘었다.

"산똘, 내가 드디어 장학생으로 선발됐어!"

정말 세상을 다 얻은 듯 기뻤다. 스페인어의 기초도 제대로 모르던 초보 학생이 장학금을 타다니…….그것도 첫 학기에 탄 장학금이라 나 자신이 그렇게 대견할 수 없었다. 열심히 공부한 것에 대한 작은 보상이라고 생각하니 어깨가 으쓱했다.

"잘했어. 훌륭해. 멋져."

남편도 엄지손가락을 치켜세우며 타국에서 공부하느라 애쓴 나를 격려하고 기뻐해주었다. 하지만 성적표를 받아본 나는 눈을 의심했다. 점수가 형편없었다. 그럼 그렇지, 수업도 제대로 알아듣지 못하는 내가 장학금을 탈 정도로 우등생일 리가 만무

했다.

'어떻게 이런 성적으로 장학금을 받았지? 외국인 장학금 지원 제도에 선발이라도 됐나?'

학교 게시판에 올라온 장학금 대상자 명단을 보니 대부분의 학생이 낙제를 겨우 면한 중간 수준의 점수였다. 더 의아했다. 이 의문은 얼마 가지 않아 풀렸다.

스페인에서 장학금은 한국에서 통용되는 장학금의 개념과 달랐다. 이곳의 장학금을 스페인어로 베카(Beca)라고 하는데, 성적이 우수한 학생에게 주는 포상금이 아니라, 일종의 '경제 도우미' 정도로 해석하면 편하다. 대부분 집안 형편에 따라 베카의 여부가 결정된다.

베카의 혜택은 부모의 1년 총수입이 그해 정부에서 정한 기준 미만인 가정에 돌아간다. 그래서 극소수의 가난한 사람만이 아니라, 전반적으로 중산층에 해당하는 사람들도 많이 포함된다. 그래서 이곳 학생들은 학급의 절반 이상이 베카의 혜택을 받으며 자신이 가난하다고 자책하는 일이 없다. 부모가 혼자 벌든 맞벌이든 상관없이 부모의 월급이 일정 수준 미만이면 장학금 수여 대상자로 선정하는 것이다. 또 5인 이상의 대가족(Familia Numerosa)인 경우 더 쉽게 베카를 받을 수 있다. 이 밖에도 집이 학교에서 먼 경우, 다른 지역 출신이어서 자취하는 경우에도 혜택이 돌아갔다.

처음 이 사실을 알았을 때 깜짝 놀랐다. 성적순에 따라 상위 몇 퍼센트의 소수만 장학금을 받는 한국과는 너무도 달랐다. 또 집안이 풍족한 사람은 아예 장학금 혜택의 대상에서 제외된다는 사실이 무척 신선했다.

한껏 으쓱해하던 나도 겸손해졌다.

"난 또 공부 잘한다고 주는 장학금인 줄 알았네! 실망이야. 어쩐지 스페인 학생들은 공부할 때 치열한 경쟁의식이 없더라니까."

볼멘소리를 하는 내게 남편은 베카에 대한 스페인 사람들의 인식을 조금 더 설명해줬다.

"치열한 경쟁의식이 없다고도 볼 수 있지만, 더 여유롭게 원하는 공부에 몰두할 수 있다는 뜻이기도 해. 베카는 젊은이들이 안정적으로 학업에 몰두할 수 있도록 도움을 주는 시스템인 거지. 그게 나빠?"

무슨 말이 더 필요하겠는가. 그들의 환경이 부러울 뿐이다.

내가 장학금을 받고 대학을 다닌 지도 10년이 넘었다. 그런데 요즘 소식을 듣고 또 한 번 놀랐다. 외국에서 온 불법 체류 이주민 아이들에게도 베카가 주어진다는 것이었다. 내가 사는 비스타베야에는 특히 루마니아인들이 많은데 이들 대부분은 거주증이 없는 불법 체류자다. 마을 시청의 주 정부는 '보편적 교육 혜택'을 이들이 낳아 기르는 아이들에게도 공평하게 적용한다. 이것이야말로 보편적 복지의 진짜 모습이 아닐까.

최근 한국에서도 '보편적 복지'에 논란이 많은 것 같다. 아이들의 무상 급식이나 사회 빈곤층의 최저생계비, 비정규직 문제 등 사회 복지와 관련된 여러 논쟁이 끊임없이 들려온다. 인종이나 국경을 떠나 마땅히 교육받아야 할 아이들에게 그 혜택을 동등하게 나눠주는 것, 이런 자세와 실천이야말로 진정한 의미의 보편적 복지가 아닐까 싶다.

우리 시골에
가서 살지
않을래?

2004년 봄, 남편이 들뜬 목소리로 물었다.

"산들, 드디어 우리가 원하던 집을 찾았어. 우리 그곳에 들어가 살지 않을래?"

결혼한 지 1년쯤 되던 때였다. 신혼이 끝나기도 전에 시골로 들어가자니, 어처구니가 없었다. 우리는 학생이었고, 돈도 없는 가난뱅이였다. 가진 것이라곤 시부모님이 빌려주신 아파트 하나가 전부였다. 물론 여행을 좋아하던 우리는 평소 돈이 생기면 말레이시아의 어느 섬에 들어가 살자, 네팔 산자락에 집을 짓자, 태국 끄라비 섬에서 암벽 등반이나 하면서 살자는 등, 몽상을 자주 하긴 했다. 그렇다 하더라도 남편의 급작스러운 제안에는 당황스러웠다. 공부는 어떻게 하고, 스페인어는 언제 배우지? 무엇보다 우리의 2세는? 머릿속이 잠깐 혼란스러웠다. 하지만 남편은 마음을 굳힌 듯했다.

"¡El futuro es ahora! ¡El futuro no existe! ¡El futuro es nuestro! (미래는 바로 지금이야, 미래는 따로 존재하지 않는다고, 미래는 우리 것이야!)"

남편은 그런 사람이었다. 늘 다가오지 않은 미래보다는 현재를 중시하는 자세가 자연스레 배어 있었다.

"당장 들어가자는 게 아니야. 일단 사두고 천천히 준비하면 되잖아. 자연에서 살고 싶다는 우리의 꿈을 이룰 수 있는 최고의 기회잖아. 난 도시에서 아이를 낳아 기르면 부모로서 죄책감을 가질 것 같아. 아이들은 모름지기 자연에서 자라야 해."

마지막 말에 마음이 흔들렸다. 마음 놓고 뛰어놀 수 있는 자연이란 아이들에게 절대적인 선물이라는 데 한 치의 이의도 없었다.

"집이 내려다보이는 동산 위에서 본 일몰이 정말 환상적이야. 당신도 좋아할 거야!"

"그래? 그럼 한번 가보기나 하자."

햇살이 따뜻하던 봄날, 우리는 발렌시아에서 자동차로 2시간 반 거리에 있다는 그 집으로 향했다. 급작스러운 제안이었지만 나는 좋은 쪽으로 생각하기로 했다.

'맞아. 도시를 벗어나 사는 것도 나쁘지 않지. 텃밭에서 채소를 키워서 먹고, 근사한 나무가 있는 정원에 시냇물이 흐르는 냇가도 있다면 금상첨화겠다.'

자연환경이 아름다운 스페인에서 전원생활이라니, 나는 내심 설레기 시작했다.

설렘을 안고 차에서 내린 나는 목석처럼 굳어버렸다. 허물어진 돌집 한 채가 눈앞에 서 있었다. 지붕은 무너진 지 오래였고, 창문 하나가 집이라는 사실을 겨우 말해주는 그곳, 집 앞엔 동물들의 배설물이 잔뜩 쌓여 있고 주변엔 인가 하나 없이 덩그러니 서 있는 외딴 집이었다. 애써 실망감을 감춘 채 집 안으로 들어가자 동굴 같은 내부에서 갑자기 올빼미 한 마리가 퍼드덕 날아올랐다. 심장이 터질 듯이 놀라 비명을 지르며 자빠졌다. 더 고민할 것도 없었다. 이건 안 된다. 올빼미가 둥지로 튼 이곳에서 우리의 신혼을 보내자고? 게다가 주변에 아무도 살지 않는 이 황량한 오지에서?

"말도 안 돼."

남편이 때를 놓치지 않겠다는 듯 단호한 어조로 말했다.

"이 집이 얼마인 줄 알아? 단돈 600만 원이야. 우린 정말 운이 좋은 거라고. 게다가 이 집이 얼마나 오래된 줄 알아? 무려 200년 전에 지어진 골동품 같은 집이야."

남편의 친구가 세계 요트 여행을 준비하면서 급하게 내놓은 집이라고 했다. 이 기회가 아니면 이런 집을 저런 가격에 살 수 없다며, 그는 많이 들떠 있었다. 나는 잔뜩 기대에 찬 남편을 실망시키고 싶지 않아, 아무 말도 하지 않고 발렌시아로 돌아왔다. 그리고 며칠간 고민한 끝에 결국 그의 제안을 받아들였다. 지금

당장은 사람이 살 수 없는 곳이지만 분명 다른 집들과 비교할 수 없을 만큼 가격이 쌌고, 자연의 한복판에 있었다. 게다가 눈앞에 펼쳐진 풍광은 어디에 내놔도 손색없을 만큼 아름다웠다.

평소에도 틈만 나면 자연을 예찬하고, 아이들은 반드시 자연 속에서 키워야 한다고 노래를 부르던 우리에게 어쩌면 두 번 다시 오지 않을 기회일지 모른다는 생각이 들었다. 모험 없이는 새로운 즐거움도 없다는 사실을 여행에서 깨달은 우리였다.

"좀 척박해 보이지만 적응하면 괜찮을 거야. 진짜 아름다움은 숨겨진 경우가 많아. 우리가 그걸 보지 못할 뿐이야."

그의 말이 맞다. 사람도, 장소도 깊이 알수록 더 매력적이지 않은가. 낙천주의자인 나는 다 쓰러져가는 집을 사는 데 덜컥 동의했다. 집을 계약하고 돌아온 남편은 뭐가 그리 좋은지 연신 콧노래를 불러댔다. 얼떨결에 승낙은 했지만 머릿속이 복잡했다.

'학교는 어떻게 하지? 집 수리비는? 겨우 사귄 친구들과도 헤어지겠네? 농사를 지어본 적도 없는데 먹을 것은? 아이가 태어나면 어떡하지?'

걱정은 많았지만 빠르게 결정 내릴 수 있었던 이유는 남편에 대한 믿음 때문이다. 속 깊은 남편은 책임감이 무척 강한 사람이다. 평소의 소신을 행동으로 옮길 때 머뭇거리며 망설이기도 하지만, 그만큼 무언가를 결정할 땐 신중했다. 그가 선택한 일이라면 믿고 따라도 좋으리라는 믿음, 그것은 자연 속에 살고 싶다는 마음보다 더 강하게 나를 설득한 힘이었다. 훗날 안 사실이지만 올빼미가 머문 자리는 '명당자리'로 불린다고 한다. 어쩌면 이 올빼미는 우리가 이곳에서 소박한 행복을 이루며 살아가리란 걸 이미 알고 있던 게 아닐까.

그렇게 우리는 단돈 600만 원에 이 집을 샀다. 난생처음 내 집이라는 것을 갖게 됐다. 그것도 200년 전에 지어진 유서 깊은 집이라니, 그 긴 세월과 이 집에서 살던 사람들의 역사를 생각해보니 엄청난 집을 산 게 분명했다. 어떻게든 되겠지 하는 마음 한편에 이 집을 아주 예쁘게 수리하고 싶다는 욕심이 새록새록 생겨났다.

내 손으로
집을 짓는다는
의미

우리는 집수리 전문가가 아니었기에 시작부터 시행착오를 거쳤다. 쓰러진 벽부터 허물어야 할까? 망가진 현관문부터 달아야 할까? 흙더미가 쌓인 바닥부터 청소해야 할까? 집 지을 때 필요한 돌부터 정리해야 할까? 위층으로 올라가는 아슬아슬한 계단을 없애는 게 나을까? 이 벽은 다 허물어야 하는 것일까? 답을 알 수 없는 벅찬 문제들 앞에서 무엇부터 어떻게 처리해야 할지 난감했다. 아! 저 손댈 수 없는 거대한 돌집이여! 꿈쩍하지 않는 괴물 같은 돌집이여!

흔히 처리해야 할 것이 너무 많으면 어디서부터 어떻게 손대야 할지 난감하다고들 한다. 태산을 옮기려면 내 발밑에 있는 돌멩이부터 치워야 한다는 것을 머리로는 알면서도 시작하기 어려웠다. 초보자에게는 더더욱 그랬다. 주말마다 가서 텐트를 치고, 음식을 만들며 오갔지만 머무는 시간이 짧으니 총체적으로 해야 할 일이 무엇인지 감을 잡을 수가 없었다.

'차라리 멀리서 감상이라도 하자. 어쩌면 문제 해결의 실마리를 천천히 풀 수도 있을 거야.'

우리는 집이 잘 내려다보이는 동산에 올라 관찰했다. 전체적으로 관찰하면 오히려 큰 문제가 명확하게 보이므로. 일단 눈에 거슬리는 일부터 먼저 하기로 했다. 앞마당에 마구 흩어진 돌을 크기별로 정리하고, 마구간이었던 방을 바닥부터 청소하고, 우리가 사용할 연장과 도구를 넣어둘 공간을 마련하는 것, 이 세 가지로 요약했다. 다른 일은 다음 단계에서 생각하기로 했다.

가장 무거운 돌은 집 앞쪽으로, 그다음은 중간으로, 마지막으로 가장 먼 곳에 작은 돌멩이를 쌓았다. 어차피 벽을 허물고 다시 쌓아올릴 때 반드시 필요한 부분이니 미리미리 분류하여 두는 것이 합리적이었다. 돌을 분류한 다음 아무것도 들여놓을 수 없을 정도로 쌓인 집 안의 흙더미를 치우고, 썩어 무너진 현관문을 떼어냈다. 우리가 사용할 도구들과 흰 시멘트, 석회 등 물에 젖으면 안 되는 재료들을 집 안에 안전하게 보관하기 위해 녹색 문을 임시로 달았다. 문을 다는 것이 우리가 처음으로 한 집수리였다. 발렌시아 어느 골목의 버려진 쓰레기 더미에서 발견한 선명한 녹색 문이었고, 기분 좋게 첫 단추를 채운 듯했다. 이런 소소한 일을 하나씩 해내며 앞으로 우리 집을 손수 지을 수 있겠다는 용기가 생겼다.

처음 몇 달은 그렇게 후다닥 지나가버렸다. 황금 같은 주말에 왕복 5시간을 차로 오가는 일이 반복되다 보니 점점 진도 빠지고 열정도 사라져갔다. 시간이 부족하고 일도 진척이 없어 솔직히 애간장이 탔다. 그런데 스페인 사람들은 이럴 때 참 느긋하다. 한국 사람이라면 허리띠를 졸라매고 몇 년간 일해 자금을 마련하거나 사정이 정 안 되면 가족에게 돈을 빌리기라도 할 텐데, 남편은 전혀 그럴 생각이 없었다.

"미래만 보지 말고, 지금 할 일을 먼저 생각하자. 열심히 하다 보면, 어느새 답답했던 문제가 술술 풀릴 수도 있거든."

사실 시골에 텐트를 치고 내 집을 직접 수리한다는 사실이 꽤 로맨틱하게 느껴질 수도 있다. 잡지에서나 보던 스토리 아닌가. 하지만 현실은 달랐다. 주말마다 고된 육체노동을 해야 하고, 텐트는 불편했고 음식 준비도 힘들었다. 근처 샘에서 물을 길어오는 것도, 끝없이 흙돌을 나르는 일도 힘에 부쳤다. 시간이 지나면서 나는 점점 주말이 다가오는 게 싫어졌다. 처음 가졌던 열정도 서서히 식어갔다.

"돈을 빌려서라도 전문가에게 수리를 맡기자. 응? 이렇게 진전이 없는데 주말마다 여길 오가며 수리하는 건 불가능해. 게다가 우린 건축에 문외한이라 자칫하면 일만 더 커질 게 뻔해. 돈을 번 다음 전문가에게 맡기자."

그러나 남편은 흔들리지 않았다.

"힘들다는 것을 잘 알아. 하지만 생각해봐. 집을 짓는다는 의미는 돈이 다가 아냐. 200년이 넘은 이 집은 더 특별한 의미지. 언젠가 우리가 직접 만든 집에서 아이들이 태어나고 자란다고 생각해봐. 얼마나 근사한 일이야."

어쩌면 저리도 낙천적이고 긍정적일 수 있을까? 완성된 집을 상상하는 것은 분명 즐거운 일이지만, 눈앞에 펼쳐진 현실을 보면 그날은 영원히 오지 않을 것 같았다. 남편은 그런 내 마음을 읽고 밤마다 세뇌하듯 희망을 이야기했다. 도무지 지칠 줄 모르는 남자였다. 그러던 어느 날, 사람이 죽으란 법은 없다더니 집수리에 지쳐가던 그해 여름에 남편이 희소식을 전했다. 집수리의 어려움을 전해 들은 동네 아저씨가 안 쓰는 카라반을 빌려주기로 했다는 것이다.

"쓰고 싶을 때까지 쓰고 나중에 돌려줘."

페페 아저씨의 카라반은 작은 기적이었다. 매번 텐트를 치고 요리하고 잠자는 생활에 비하면 카라반은 고급 호텔이나 다름없었다. 발렌시아에서 주말을 이용해 오가던 3년, 학교를 마치고 비스타베야에 들어와 마을과 집을 오가던 4년, 총 7년을 우리는 이 카라반에서 살았다. 다시 생각해봐도 카라반이 없었다면 그 긴 시간을 결코 견뎌내지 못했을 것이다.

축제가 된
집수리

집을 수리하는 시간이 길어지면서 우리 부부는 자연스럽게 비스타베야 주민들과 어울리게 되었고, 곧 끈끈해졌다. 어느새 웬만한 것은 이웃들과 상의했고 그들은 언제든 달려와 어려운 일을 해결해주었다. 친구들은 반죽을 개는 일부터 돌 구하기 등 힘든 일에 손을 보탰고 거대한 흙더미를 치우는 날에는 어김없이 달려와 마당을 가득 채워주었다. 한국의 시골 마을에서나 느꼈던 정을 스페인 시골에서 고스란히 다시 느낄 수 있었다.

기와를 올리던 날에도 어김없었다. 우리는 기와를 얹기 한 달 전부터 발렌시아 주에 흩어져 살던 친구들에게 지붕 수리 일정을 알렸다. 지붕 수리를 하던 날, 친구들과 이웃들이 또 서른 명 넘게 모였다. 기대하지 않았던 엄청난 인력 동원이었다. 스페인 사람들은 의외로 연대의식이 강하다. 대가를 바라지 않고 주체적으로 참가하여 남을 돕는 일에 아주 익숙하다. 산똘은 지붕 위에서 일할 팀, 지붕 밑에서 기와를 점검하고 반죽을 적실 팀, 기와를 올릴 팀, 천장 대들보를 올릴 팀, 지붕에 창을 낼 팀으로 나누어 진두지휘를 했다. 의리 있는 친구들은 기술적인 부분은 물론, 휴식 시간에는 유쾌한 오락까지 도맡아 마치 축제 현장을 방불케 했다.

우리 집의 서까래는 세월의 흔적은 있었지만, 상태가 그렇게 나쁘지는 않았다. 이 서까래를 재활용하기로 했다. 썩은 부위는 대패질하고 천연 붕산으로 살균하여 더는 썩지 않도록 서까래를 다듬었다. 아직도 200년은 족히 더 쓸 수 있다는 마을 어르신의 말씀을 듣고 '나무의 기능성'에 매우 놀랐다. 모자라는 서까래는 스페인에서 생산된 나무를 사서 올리기로 했다. 그때부터 우리 집의 컨셉은 '돌과 나무의 조화', '자연 친화적 생태주의'에 기초하게 되었다. 나무는 유기적으로 숨 쉬는 재료이며, 돌은 척박한 고산에서 살아남기 위한 이 지역 특유의 재료였다.

우리는 집수리를 하면서 옛날 방식을 고수했다. 그때까지 나는 시멘트가 우리 몸에 얼마나 해로운지 전혀 알지 못했다. 내집을 짓겠다며 공부하다가, 시멘트야말로 집의 숨통을 막고 그 안에 사는 인간의 건강을 해치는 원인이라는 것을 알게 되었다. 예전에는 한국의 흙벽과 마찬가지로 집은 숨을 쉬며 그 기능을 한다고들 했다. 그런데 시멘트는 전혀 숨을 쉬지 못하며, 소각재, 제철소 슬래그, 하수 폐기물, 폐타이어, 플라스틱 쓰레기,

폐유, 심지어 농장에서 병으로 죽은 소까지 소각되어 원료로 만들어진다고 한다. 이것이 다 환경호르몬이라는 사실에 소름이 끼쳤다. 그렇다면 발암 물질이 아닌가. 우리가 사는 집을 발암 물질로 만들 수는 없었다. 그래서 옛날 이곳 사람들이 하던 방식으로 생석회와 모래, 물로 굳힌 모르타르(Mortar) 등을 써서 집의 크고 작은 부위들을 수리해나갔다.

할 수만 있다면 다 재활용했다. 지붕의 기와도 가능한 것은 재활용했다. 몇 세기 전의 것인데도 어떤 것은 계속 쓸 수 있을 만큼 단단했다. 기와를 흙손으로 땅땅 쳤을 때 명쾌한 소리가 나면 재활용이 가능한 것이고, 탁한 소리가 나면 어딘가에 금이 간 것이다. 지붕에 얹었을 때 빗물이 스며들 수도 있어 구별에 특히 주의해야 했다. 새 기와는 밑에 두어 암키와로, 멀리서 보이는 쪽은 옛 기와를 재활용하여 수키와로 사용했다. 아무래도 옛집의 이미지가 헌 기와와 더 잘 어울렸기 때문이었다.

지붕 내열재는 코르크를 준비했다. 스페인에서 나는 재목으로 내열성이 우수하며, 불이 붙지 않는 장점이 있어 산림학을 공부한 남편이 선택했다. 잘게 부순 코르크 껍질을 서까래 사이에 넣어 내열재로 쓰는 것이었다. 그런데 나중에 보니 이것도 시행착오의 한 부분이었다. 처음에는 이런 부순 코르크가 마음에 들었는데 살다 보니 지붕에 새가 들어와 둥지를 트기도 하

고, 생쥐가 들어가 서식하기도 하는 등 단점이 있었다. 우리는
나중에 코르크 압축판을 구입하여 다시 설치했다. 우리는 이 모
든 과정을 많은 친구들의 도움으로 문제없이 해결할 수 있었다.

함께 일한다는 것은 대단한 에너지를 만들어냈다. 낮에는 열
심히 땀 흘려 일했고, 일이 끝난 후에는 뒤풀이를 열어 축제를
즐겼다. 우리는 한걸음에 달려온 친구들을 위해 음식과 술, 음
악을 준비하여 보답했다. 물론 술을 많이 마시지 않는 친구들
이었지만, 떠들썩하게 웃고 떠들다 보면 노동의 피곤함도 말끔
히 사라지곤 했다. 이런 뒤풀이는 일이 완전히 끝난 몇 주 후에
도 되풀이되었다. 아예 하루 날을 잡아 거하게 놀기도 했다. 빠
에야(Paella, 스페인식 철판 볶음밥)를 준비하고, 단체로 놀 수 있
는 다양한 프로그램도 짜서 야외 이벤트를 마련했다. 어떤 친구
는 바이올린, 기타를 준비하여 시골 밤하늘 아래 아름다운 연주
를 선보이고, 어떤 친구는 음악을 준비해와서 다 함께 춤을 추
며 흥을 돋우기도 했다.

우리 손으로 직접 집을 짓기로 결정한 것이 얼마나 잘한 일인
지……. 이렇게 착하고 정 많은 이웃을 알게 되고, 흩어진 친구
들의 우정을 확인하고, 함께 어우러져 지내는 모습을 보는 것이
얼마나 행복한가. 그때 나는 가슴 벅찬 감동을 느꼈다.

집을 짓는 과정에서 얻은 것이 셀 수 없이 많지만, 가장 큰 깨달음은 과정이 아름답다는 것이다. 집이 완성되었을 때 기쁨도 컸지만 하루하루 사람들의 손길을 거쳐 변해가는 과정을 지켜보는 것이야말로, 진짜 인생이 무엇인지 깨닫게 해준 소중한 순간들이었다.

집을 내 손으로 직접 고치고 나서야 나는 집의 완성이 우리의 목적지가 아니었음을 깨달았다. 우리 인생도 그런 것이 아닐까 싶다. 시험에만 합격하면, 이 고비만 넘기면, 아이만 낳으면, 돈만 더 벌면 모든 게 해결될 것처럼 보이지만, 그렇지 않다. 우리는 모두 어느 순간을 살고 있을 뿐 어느 누구도 완성된 인생을 가져본 적이 없다. 지금 아무리 고달프고 힘들어도 이것 또한 지나갈 과정이라고 생각하면 인생을 살아가기 한결 수월하지 않을까.

스페인의
자연 친화적 청소법

한국에 살 때부터 청소와 거리가 멀었던 나는 스페인에 살면서 비로소 다양한 청소법을 알게 됐다. 이곳 사람들의 지혜가 깃든 자연 친화적 청소법 몇 가지를 소개한다.

친환경 만능 세제 식초 활용법

스페인에서는 식초를 주방 세제만큼이나 널리 쓴다. 식초로 바닥이나 그릇, 부엌, 화장실을 청소한다. 오븐, 화장실 타일, 설거지, 싱크대, 빨래, 심지어 고양이나 강아지 털과 귀의 구석구석 이물질도 식초로 모두 해결한다.

청소 방법은 이렇다. 스페인 일반 가정의 바닥은 대부분 타일, 대리석, 나무다. 타일인 경우 물통에 식초와 물을 3 대 1 비율로 넣는다. 그리고 타일 곳곳을 깨끗이 닦아준다. 대걸레가 닿지 않는 구석은 알코올로 청소하기도 한다. 마른 걸레에 알코올을 적신 후 쫙 짜서 때가 찌든 부위를 닦아주는 것이다. 스페인에서 이처럼 식초를 많이 쓰는 데는 그만한 이유가 있다. 예부터 스페인의 물에는 석회질 성분이 많았는데, 청소할 때 물로만 닦으면 석회 성분이 바닥에 남아 자국이 생긴다고 한다. 헌데 이 석회 자국을 없애는 데는 식초가 일등 공신. 가끔 샘에서 떠온 물에 석회층이 남아 유리병들이 부석부석해지곤 하는데 이럴 때 물에 식초를 섞어 몇 시간 두면 뽀득뽀득 깨끗한 유리병이 된다.

나무 바닥이나 기둥 청소는 소금으로!
한번은 이웃인 페페 아저씨네에 놀러 간 적이 있는데 마침 청소 중인 아저씨가 물통에 소금을 왕창 집어넣어 바닥을 닦고 있었다. 그 이유를 물으니 "소금 청소는 나무 사이에 기생하는 비쵸(Bicho, 벌레)를 없애주고 곰팡이가 끼지 않도록 하는 데도 그만"이라고 한다. 오호라! 대신, 소금은 너무 자주 사용하면 오히려 나무를 상하게 하니 아주 가끔만 사용하는 것이 좋다. 종종 도시의 식당에서는 식초와 소금을 섞어 바닥을 닦기도 하는데, 청소가 막 끝난 후 들어가면 온통 시큼한 식초 냄새가 가득 풍기기도 한다. 하지만 그 냄새가 싫지 않다. 음식을 다루는 곳에서 인공 화학 세제가 아닌 천연 재료를 사용한다는 사실이 더 믿음을 준다.

내 사랑,
카라반

카라반에 대해서는 참 할 말이 많다. 불가능한 계획을 이루게 한 일등공신이다. 비록 화장실이나 샤워실은 없었지만, 카라반은 집과 다름없는 공간이었다. 7년 동안 쓰던 카라반을 페페 아저씨에게 돌려주던 날은 섭섭해 눈물이 날 뻔했다. 사실 완성된 집에 들어가 살기 시작했을 때도 나는 이 카라반을 돌려주지 못하고 끙끙댔다. 아이가 태어난 이후 힘들고 지친 날이면 카라반에 숨어들어 한숨을 돌리곤 했을 정도로 흠뻑 정이 들었기 때문이다.

카라반은 여름에는 달군 냄비처럼 펄펄 끓었고, 겨울에는 냉동실이 따로 없을 정도로 추웠다. 하지만 식탁과 부엌을 갖추어 텐트 생활에 비할 바가 아니었다. 일하다 지친 몸을 눕히면 금세 단잠에 빠졌고 차 한잔 마시며 별빛을 보노라면 고된 노동의 피로가 눈 녹듯 가셨다. 70년대 히피가 있다면 이런 모습이 아니었을까? 우리는 마치 영화 속 주인공처럼 창문 밖으로 펼쳐진 고산 평야를 바라보며 노천카페에 있는 듯한 낭만을 즐겼다.

카라반은 그렇게 노동에 지친 우리를 늘 달래주고 마음까지 어루만졌다. 집 공사 3년째에 접어들면서 속도가 지지부진할 때도 카라반이 있다는 생각에 배짱이 생겼다. 그때부터는 집수리도 즐거워졌다. 수리를 시작하고 입주하기까지 총 5년이 걸렸다. 속도는 더디지만 우리는 차곡차곡 돈을 벌어 재료를 샀고 조금씩 집을 고쳐나갔다.

2006년 화재감시원으로 일하던 산똘은 비스타베야로 발령 신청을 내고, 집 근처에 있는 페냐골로사 자연공원의 자연환경 교육사에 지원했다. 그리고 2007년 가을, 마침내 남편은 채용 전형에 합격하여 지금까지 페냐골로사 자연공원에서 일하고 있다.

그즈음 나에게 카라반은 집이 아니라 휴게소였다. 우리는 마을과 집을 오가며 수리했고, 쉴 때는 어김없이 카라반에 와 커피를 마시며 낮잠을 즐기곤 했다. 여유가 생긴 나는 라이문드 아저씨의 창고를 수리해 도자기 작업실로 썼는데, 이 카라반이 바로 내 작품에 영감을 주는 원천이었다. 스케치를 하고 구상하기에 그만큼 조용한 공간도 없었기 때문이다. 집이 다 지어진 2008년 이후에도 우리는 한동안 카라반을 은신처 삼아 한가한 시간을 보내곤 했다.

큰맘 먹고 카라반을 돌려주던 날, 아침부터 카라반 곳곳을 샅샅이 청소하고 닦았다. 7년 동안이나 희로애락을 함께 해준 공간이기에 애정이 컸다. 페페 아저씨에 대한 고마움도 말로 다 표현하지 못할 정도였다. 풋풋했던 신혼생활을 함께한 카라반. 나는 틈만 나면 아이들에게 우리 집의 역사를 말해준다. 그러면 아이들은 "집을 짓는 동안에는 어디에서 살았어요?"라고 묻는다. 그러면 우리 부부는 당장 폐폐 아저씨네로 향한다. 때로는 막막해 보이는 길이라도 반드시 또 다른 길과 통해 있다는 사실을 가르쳐준 우리의 작은 집, 카라반을 보기 위해서.

드디어
입주하는 날

집의 내부 수리와 디자인이 어느 정도 갖춰질 때쯤 나는 임신 9개월이었다. 공사 막바지에는 점점 배가 불러 현장에서 물러나 주로 인부들의 식사 준비와 크고 작은 심부름을 하며 힘을 보탰다. 부엌에는 싱크대를 놓았고, 화장실은 타일을 깨어 붙이는 트란카디스(Trancadís) 방식으로 꾸몄다. 트란카디스 방식은 스페인의 대표적 건축가 안토니 가우디(Antoni Gaudí)가 사용한, 다양한 색의 타일을 깨서 모자이크 문양을 내는 방식이다. 비록 우리는 단조로운 흰색 타일을 깨고 쪼개어 붙였지만, 나에게는 참 재미있는 작업이었다.

산뚤은 무슨 일이든 꼭 나와 상의해 결정했다. 부부가 같이 쓸 수 있도록 너무 높지도 낮지도 않게 싱크대 높이를 정했고, 부엌에 설치할 장작 난로를 함께 보러 다녔고, 가구와 작은 공구들까지 함께 골랐다. 혼자 가서 하라고 해도 남편은 꼭 만삭의 아내를 동행해야만 결정할 수 있었다. 부부 공동의 집이니 혼자 결정하면 의미 없다는 것이 남편의 의견이었다. 두 사람이 만족하여 결정한 일이야말로 큰 의미가 있다고 하며 꼭 내 의견을 물었다.

　바닥과 벽이 대충 정리되자 산똘은 하루라도 빨리 들어가 살고 싶은 눈치였다. 하지만 나는 '이 집에서 진짜 아이를 낳아 키울 수 있을까?' 하는 현실적인 걱정이 앞서기 시작했다. 무엇보다 가장 중요한 물과 전기가 없었던 것이다. 그럼에도 우리는 이 집에서 첫아이를 맞이하고 싶다는 욕심에 과감히 입주를 결심했다. 2008년 12월 23일, 크리스마스를 이틀 앞둔 영하의 한겨울이었다.

　우선, 나머지 살림은 살면서 천천히 정리하기로 하고 주물을 떠 만든 묵직한 벽난로부터 구입했다. 스페인 지중해 연안의 크고 작은 도시에는 보통 난방시설이 없다. 영하로 떨어지는 일이 거의 없다 보니 1~2월 추위만 참으면 된다는 생각 때문인 듯하다. 온돌에 익숙했던 나는 뼛속까지 스며드는 냉한 습기가 영하의 추위보다 훨씬 춥게 느껴졌다. 앞으로 쭉 이 집에 살아야 한다고 생각하니 설렘보다 두려움이 컸다.

　이 집에서 보낸 첫날밤이 아직도 생생하다. 벽난로가 주는 아늑함은 기대 이상이었고, 집 안의 온도는 훈훈하게 따뜻하여 전혀 춥지 않았다. 전기가 없어 우리는 촛불 하나를 켜고 마주앉았다. 집은 무척 낯설고 조용했다. 불편했던 카라반과 비교할 수도 없는 진짜 우리 집에 누웠건만 어쩐지 낯설고 설레어 우린

늦은 밤까지 두런두런 대화를 나눴다. 뱃속의 아이가 곧 태어날
텐데 변변한 시설 하나 없는 이곳에서 키워야 한다는 걱정, 반
면에 진짜 우리 가족의 미래가 담길 집이라는 생각이 오가며 남
편도 나도 쉽게 잠을 이루지 못했다. 사실, 부족한 것이 한둘이
아니었다. 전기가 없어 촛불로 지내야 했고, 수도가 없으니 빗
물을 받아 생활해야 했다. 설상가상으로 우리에겐 빗물을 받을
저수탱크조차 없었다. 하지만 당장 마실 물은 근처 샘물에서 길
어올 수 있어 걱정을 덜었다.

비스타베야는 외진 시골이라 정부나 시청의 관리 감독 밖에
있었다. 전기를 들여오려면 개인이 돈을 내고 끌어와야만 했는
데 엄청난 비용 때문에 감히 상상할 수도 없었다. 우리가 할 수
있는 거라곤 가정용 풍력 발전기나, 태양광 전지를 사용해 자체
발전기를 돌리는 정도였다. 남편은 6개월간 태양광 에너지 관련
강습을 받기는 했지만, 전문가의 도움 없이 전기 문제를 해결하
기에는 역부족이었다. 수소문 끝에 이 분야에서 일하는 친구의
도움을 받을 수 있었고, 첫아이가 태어난 지 3개월 후에나 집 안
에 태양광을 이용한 전기를 들일 수 있었다.

그 전에는 임시방편으로 석유 발전기를 사용했는데 이마저
도 꼭 필요한 경우에만 사용했고 대부분 촛불에 의지해 살았다.

그때는 모든 것이 불편했지만 낭만적이기도 했다. 반딧불을

모아 공부했다는 선조들 이야기가 절로 떠올랐다. 촛불 아래 앉아 있으면 시간은 천천히 흘렀고 삶은 고요했다. 전기가 없으니 당연히 냉장고도 없었다. 음식 저장이 큰 문제였다. 나는 급한 대로 집에서 가장 추운 장소를 찾아 냉장고로 썼다. 세탁기 없이 빨래도 했다. 도시 생활에만 익숙했던 내가 변해가는 모습에 스스로 놀랐다. 처음에는 불편하고 고통스러웠던 생활이었지만 점점 익숙해졌다. '인간은 적응하기 나름'이라는 사실을 깨달아가는 시간이었다.

'없다'는 것은 앞으로 생기리라는 가능성의 다른 말이었고, 그것을 둘이서 만들어간다는 것 또한 큰 행복이었다. 갓 태어난 아이와 함께 우리 집은 조금씩 틀을 갖춰갔다. 처음 입주해 가장 좋았던 점이 있다. 침실의 천장 내장제가 마무리되지 않아 우리는 첫 몇 달을 부엌 다락방에서 지냈는데, 그 다락방 창문을 통해 보이는 설경이 정말 압권이었다. 따뜻한 집 안에 앉아 고요하게 내려앉은 눈과 햇살을 받아 반짝이는 풍경을 보면 이곳이 바로 천국이 아닐까 하는 착각에 빠져들었다.

장장 7년이라는 더딘 세월을 우리 손으로 집 짓는 일에 열중했다. 이루어지지 않을 것 같던 일이 이루어졌다. 그리고 이 또한 결말이 아니라 과정이었다. 집은 사람과 마찬가지로 숨 쉬며 살아 있는 유기체다. 그래서 상태를 매번 점검해주고, 새 환경

과 각기 다른 상황에 따라 개작해야만 했다.

태양광 전지와 태양광판을 설치했을 때 또 새로운 상황에 직면했다. 우리는 촛불을 버리고 전지에 적응했다. 우리의 저수탱크가 완성되어 물이 찼을 때는 새 수도에 적응해야 했다. 그러다 아이들이 걷기 시작할 때는 계단에 적응해야 했다. 높이가 다른 방에는 문마다 작은 격리문을 설치했고, 아이들은 감옥에 갇힌 듯한 공간에 적응해야 했다. 다락방에는 망을 설치해 아이들이 떨어지지 않도록 했다. 우리는 이렇게 매번 상황에 따라 달라지는 집의 변화 과정을 겪었다. 집은 유기체(Organic)다. 같이 숨 쉬고 살아가는 곳, 그래서 우리는 이 집이 또 어떤 변신을 할지 아직 잘 모른다. 아이들이 더 크면 옆에 새 방을 만들 수도 있고, 아이들이 커서 독립할 때는 1층에 노부부의 방이 마련될지도 모르겠다.

나는 '오가닉'이라는 말이 참 좋다. 시행착오를 거쳐 만들어진 이 집이 우리 식구와 함께 추억을 쌓아간다는 생각을 하면 기쁘다. 우리 손으로 집수리를 하면서 집과 인간이 융화되는 시기를 잘 거친 듯하다. 그래서 더 애착이 간다.

고산에서
산다는 것

첫째 딸 산드라는 집이 완성된 이듬해 2월에 태어 났다. 아이가 태어나자 모든 것이 달라져야 했다. 남편 말고는 의지할 친정 가족도, 이웃도, 수돗물도, 전기도, 전화기와 인터 넷도 없는 낯선 곳에서 나는 이름도 생소한 '엄마'가 되어 있었 다. 산드라(Sandra)는 '인류의 보호자'라는 의미이자, 산과 들이 있는 이곳을 의미하기도 했고, 나의 필명이기도 했다. 나는 그 모든 의미를 담아 아이를 '산드라'라고 불렀다.

흔들리는 촛불 아래서 나는 아기에게 젖을 물렸다. 아이의 까 만 눈동자가 나를 바라볼 때면 세상을 다 가진 듯 행복했지만, 이런 곳에서 과연 신생아를 키울 수 있을까 하는 두려움은 여전 했다. 나는 고산의 외딴 마을에 틀어박혀 독박 육아를 하는 외 로운 초보 엄마였다. 외출 한번 못하고 집에서 아이와 24시간을 보내야 했다. 게다가 출산과 육아에 대해서 아는 게 아무것도 없었다.

한국에 있는 가족들, 특히 엄마가 무척 그리웠다. 전화가 된 다면 통화라도 하겠지만 너무 외진 곳에 살다보니 전화 설치도 거부당했다. 산똘은 거듭 정부에 전화 설치를 요청했고, 스페인 산업부에서 전화 설치를 거부하지 말라는 명령문을 보낸 후에야 우리는 비로소 이 평범한 기계를 가질 수 있었다. 일반 유선 전화기가 아닌 라디오식 주파수 안테나로 작동되는 전화기였다. 처음 한국의 가족과 통화가 됐을 때 참았던 눈물이 터져 한참 울었다. 고립된 지역에서 하는 육아는 상상 이상으로 힘들었다. 초보 엄마가 정보를 얻을 곳이라곤 아무 데도 없었다. 그때만큼 한국의 인터넷 문화가 부러웠던 적이 없다.

이곳에도 사계절이 있지만 따뜻한 여름 한두 달을 제외하곤 대부분 추운 고산의 날씨다. 봄과 가을에는 산책하기 좋은 날이 더러 있지만 해발 1200미터가 넘는 곳이다 보니 하루에도 몇 번씩 온도가 급격히 내려가 항상 여분의 옷을 가지고 다녀야 했다. 특히 겨울이 문제였다. 이곳의 겨울 날씨는 시베리아의 대륙성 기후다. 바람이 거센 날은 시속 140킬로미터까지 속도가 붙어 야외에 놓인 웬만한 의자들은 허공으로 둥둥 날아다니기 일쑤다. 처음에는 이런 추위가 끔찍했지만 차차 적응되니 이제는 큰 불편을 느끼지 않는다. 물론 고산이라 좋은 점도 있다. 고도에 따라 사계절의 식물종이 매우 다양하게 분포하고 있어 식물학자들에게는 보물 같은 장소이기도 하다.

아이가 3개월이 될 무렵 드디어 저수탱크가 완성되어 수도를 마련했다. 처음에는 위생적으로 관리되는 수도 없이 빗물을 받아 생활하는 방식을 신뢰할 수가 없었다. 하지만 곧 기후가 건조하고 비가 오지 않는 지구상의 많은 지역에서 이런 수도 시설로 생활한다는 사실을 알았다. 그 후에는 겸허히 자연이 주는 선물에 감사하는 마음을 지니게 되었다.

한 가지 신기했던 점은 이곳에서는 알파벳 'R'자가 들어간 달에만 빗물을 받는다는 것이다. 1월부터 12월까지 스페인어로 Enero(1월), Febrero(2월), Marzo(3월), Abril(4월), Mayo(5월), Junio(6월), Julio(7월), Agosto(8월), Septiembre(9월), Octubre(10월), Noviembre(11월), Diciembre(12월)인데 5, 6, 7, 8월에는 R자가 없어 빗물을 받으면 안 된다고 한다. 따뜻한 계절에는 공기 중에 박테리아가 번식하고, 꽃가루가 많다는 이치가 숨어 있다. 빗물을 식수로 사용했던 이곳 선인들의 지혜가 엿보인다. 반면 추운 계절에 받은 물은 깨끗하고 건강에도 좋다. 이곳 사람들은 빗물을 받으면 생석회 돌 한 덩어리를 저수탱크에 넣어둔다. "석회수를 마시는 거야?"라고 물었더니 물을 살균 소독하는 기능이라고 한다. 우리는 연달아 태양광 전지도 설치했다. 처음 전깃불이 집 안을 환하게 밝힐 때의 환희를 잊을 수 없다. 심봉사가 눈을 떴을 때의 기쁨이 이런 것일까? 얼마나 좋던지

서로를 붙잡고 덩실덩실 춤까지 췄다. 태양광 입자가 판의 표면을 자극해 만들어진 전기 에너지는 변환기를 거쳐 배터리에 보관된다. 그리고 컴퓨터와 세탁기, 라디오에 사용된다. 우리는 이 기적의 발전소에 감탄을 금치 못했다.

화장실은 입주하기 전에 다른 집과 다르게 부식토 화장실로 만들었다. 땅 뙈기 하나 없던 우리가 선택할 수 있는 최선의 방법이기도 했다. 볼일을 볼 때마다 한 주걱씩 부식토를 넣어 같이 섞어주는 방식인데, 우리의 배설물을 잘 부식시켜 자연에 돌려줄 수 있다는 점이 마음에 들었다.

아이가 5개월을 넘어서자 고립된 산골 생활이 조금씩 축복으로 느껴지기 시작했다. 아이를 안고 산책을 나가면 맑은 공기와 햇살을 듬뿍 받을 수 있었다. 어디선가 들려오는 새소리가 황홀했다. 허브 향이 가득 담겨 살랑이는 바람에 모든 시름이 사라지곤 했다. 그럴 때면 막연히 '아, 내 아이도 지금의 나처럼 걱정 없이 자라겠구나.' 하는 생각에 안도감이 들었다.

처음
인터넷이
들어오던 날

'선택받은 삶'이란 바로 이런 게 아닐까. 교과서에서는 절대 배울 수 없는 것을 지천에서 보고 느낄 수 있는 이 삶에 나는 수시로 감탄하고 감사한다. 특히 아이들이 도시의 화려함과 문명에 물들지 않고 자라주는 걸 확인할 땐, 이곳 비스타베야에 오길 정말 잘했다는 생각이 든다.

물론 그런 기쁨과 낭만만 있는 건 아니다. 솔직히 딱 며칠만 머물면 정말 좋다. 하지만 그 이상을 넘어가면 지내기 힘들다. 문명의 혜택이라고는 눈 씻고 찾아봐도 없는 이곳에는 대화를 나눌 누군가도 없다. 나는 생전 처음으로 '고립'이라는 단어를 떠올렸다. 환경적, 심리적으로 완벽한 고립감 말이다. 하지만 인간의 의지력은 얼마나 대단한가. 우리 부부는 인터넷 개통을 위한 작전에 돌입했다. 이 오지에 살기 위해서라면 인터넷은 필수였다. 하지만 전화도 잘 안되는 곳에서 무슨 수로?

한국이라면 전화 한 통화만 해도 당장 초고속 인터넷이 개통되겠지만, 우리는 스스로 방법을 찾아야 했다. 스페인에도 '인터넷 농촌 활성화 프로젝트'가 있긴 하다. 시골에 인터넷을 개통하도록 도와주는 프로젝트다. 하지만 우리 집은 마을에서도 멀리 떨어져 있어 해당되지 않았다. 전기도 닿지 않고 안테나도 무용지물인 곳이니 인터넷을 기대하는 것 자체가 어불성설인지도 모르겠다. 하지만 내 남편이 누군가? 7년이나 걸려 집을 수리한 집념의 사나이. 그는 뜻있는 마을 사람들을 모아 인터넷 개통 작전을 시도했다. 마을 사람들 몇몇을 모아 자금을 마련하고, 마을 시장과 합의를 봐 지원받을 수 있는 환경을 조성했다. 하지만 우리는 전기가 없어 인터넷 안테나를 설치할 수가 없었다.

먼저 전기 문제를 해결해야 했다. 급기야 남편은 '비스타베야 귀피(Vistabella Guifi) 협회'를 창설하기에 이르렀다. 이른바 비스타베야 인터넷 개통과 유지를 위한 협회였다. 남편과 마을 사람들은 결국 이 협회를 통해 태양광 전지와 무선 인터넷 안테나를 구입하는 데 성공했다. 무려 2년의 세월에 걸쳐서. 그런데 진짜 문제는 인터넷을 연결할 전문가가 없다는 것이었다. 전문가를 부르려면 큰돈이 나가니 아무도 인터넷을 설치할 엄두를 내지 못했다.

남편은 도시에 사는 인터넷 전문가 호르헤를 물고 늘어졌다. 그의 꽁무니를 따라다니며 도우미를 자청하기도 하고 기술을 전수해달라고 애원하기도 했다. 그 와중에도 인터넷이 되지 않는 환경에 점점 지쳐가는 나를 위로하는 것도 잊지 않았다.

"인터넷은 반드시 개통될 거야. 시간이 좀 걸릴 뿐이지."

사실 나는 그의 말을 믿지 않았다. 운이 좋아 인터넷이 개통된다고 해도 수년은 걸릴 것이라며 낙담하고 있었다. 스페인의 IT 기술과 인프라는 한국만큼이나 훌륭하지만, 이곳 지역 특성상 불가능에 가까운 게 사실이었다. 그러나 남편의 집념은 내 상상을 뛰어넘었다. 1년 반을 넘게 따라다닌 남편의 정성에 탄복한 호르헤의 승낙으로, 남편은 집집마다 인터넷을 연결하기 시작했다. 급기야 외떨어진 우리 집까지 인터넷을 연결하는 위업을 달성했다. 협회가 결성된 지 3년 반이 지난 후였다.

인터넷이 연결되던 날, 나는 뛸 듯이 기뻤다. 우선 초보 엄마로서 육아에 필요한 정보를 맘껏 얻을 수 있었고, 뭔가 궁금하면 무조건 인터넷을 통해 정보를 구할 수 있었으니 말이다. 복잡해서 피해온 도시의 일상조차 인터넷으로 보니 그리운 정경이었다. 막상 인터넷이 연결되자 엄청난 생활의 변화가 일어나기 시작했다. 특히 남편이 그랬다. 자연생활의 경험이 없던 남편은 인터넷을 통해 별의별 일을 다 해결했다. 예컨대 닭 잡는 법, 요리하는 법, 채소 키우기, 천문학 공부 등 당장 필요한 정보를 하나씩 섭렵해갔다.

나에게도 새로운 세계가 열렸다. 세상과 소통에 목말라 있던 나는 블로그를 만들고 비스타베야의 일상을 일기처럼 올리기 시작했다. 물론 사진 한 장을 올리는 데도 엄청난 인내와 시간이 필요했다. 하지만 그것이 가능해진 것만으로도 우리 부부에겐 혁명이었다.

물론 비바람이 심하게 불 때마다 툭하면 인터넷이 끊겨 애를 먹은 게 한두 번이 아니다. 정해진 날짜에 블로그 글을 올리지 못할 때나 잡지 원고 마감을 앞두고 집필할 때는 정말이지 애간장을 태웠다. 비바람에 한번 끊어진 인터넷은 언제 복구될지 확실치 않고, 약속한 마감일이 넘어가면 며칠씩 발을 동동 구르며 애태우곤 했다.

인터넷은 세상과 연결된 유일한 끈이었다. 어찌어찌 인터넷이 연결되면 우리 가족은 정신없이 바빠진다. 블로그에 밀린 글도 올려야 하고, 가족들 소식도 확인해야 하고, 이메일도 보내고, 남편의 공부 자료도 다운받아야 했다. 특히 눈이 많고 바람이 심한 겨울에는 수시로 끊어지는 인터넷을 기다리느라, 마치 UFO 수신호를 기다리는 소녀의 심정이 되곤 한다. 그래도 인터넷이 있는 삶과 없는 삶은 이런 시골에서는 엄청난 차이가 있다. 특히 블로그를 꾸준히 유지해온 나에게 인터넷은 세상과의 유일한 다리였다.

지금 돌이켜 생각하면, 남편이 대단해 보인다. 거북이처럼 느리지만 끝까지 해내고야 마는 성품, 당장 불편하고 힘들더라도

언젠가는 반드시 나아질 거라고 믿는 무한 긍정, 또한 불편하면
불편한 대로 그 안에서 만족하는 그의 생활 철학은 사랑스러우
면서도 존경스럽다. 그의 이런 태도는 내게도 스며들어 조급증
이 있던 나의 삶을 참 많이도 바꾸었다. 느리고 부족한 것투성
이인 이곳 생활에 만족해하는 나를 보면 부부는 서로 닮아가는
게 분명하다.

가마에
불을
지피며

나는 우리 집을 고치며 도예실을 따로 가질 생각
에 무척 설레었다. 나만의 작업실을 가질 수 있다니 이 얼마나
대단한 호사인가!

나는 한국에서 국문학을 전공했지만 스페인에 와서 내가 어
릴 적부터 그림을 좋아했다는 것과 조소에 취미가 있다는 것을
새롭게 깨달았다. 발렌시아에서 가난한 외국인 예술가들을 만
난 덕분이었다. 한 친구는 일본에서 온 화가였고, 다른 한 친구
는 대만에서 온 도예가였다. 일본인 친구는 가구 공장에서 일하
며 퇴근 후엔 주로 풍경을 그리며 지냈다. 인상주의 화풍을 구
사했던 그의 그림은 묘한 매력이 있었다. 도예가 친구는 대만에
서 도예 대상까지 받았는데 전도유망한 미래를 유보하고 발렌
시아에서 예술혼을 불태우고 있었다. 우리는 모두 지독하게 가
난했고, 동양인이라는 동질감 덕분에 자주 어울렸다. 함께 음식
을 해먹고 앞으로의 삶에 대해서도 진지한 고민을 나누며 우정
을 키워나갔다.

당시 갓 결혼한 나는 스페인이라는 새로운 터전에서 정체성

의 혼란을 겪고 있었는데 친구들의 열정을 옆에서 보며 나 또한 무언가를 새롭게 배우고 싶다는 욕망에 사로잡혔다. 그래서 3개월 동안 대만 친구에게 도자기 개인 교습을 받았다. 배우면 배울수록 매력이 있는 게 도자기였다. 흙의 성분과 가마의 온도, 그리고 흙에서 작품으로 완성되는 모든 과정에 대한 호기심이 갈수록 커졌다. 그래서 내친김에 도자 대학에 입학하기로 결심했다. 아마 한번 무엇을 배우면 끝까지 알아야 직성이 풀리는 내 성격도 한몫했을 것이다. 마침 두 친구도 적극적으로 추천하고 도와주었다.

"발렌시아는 도자기 배우기에 아주 좋은 곳이야. 특히 마니세스 대학은 도자기로 유명한 곳인데 다른 지역에서 배울 수 없는 도자 예술을 배우기 위해 전국 각지에서 찾아올 정도야."

마침 하루가 지나면 쑥쑥 늘어가는 스페인어와 도자 학교의 강의가 시너지를 내고 있었다. 나는 운도 억세게 좋아 도자 학교에서 한국 도자의 가치를 알아주는 교수, 호세피나 볼린체스 (Josefina Bolinches)를 만났다. 그녀는 발렌시아 출신의 유명 모더니즘 조각가 루이스 볼린체스(Luis Bolinches)의 딸로 평생 독신으로 살면서 학문에만 열중한 도자기 역사 교수다. 당시 호세피나 교수는 학교의 부학장으로 영향력을 행사하며 우리에게 세계 도자 역사를 가르치고 있었다. 나는 한국에 있을 때도 미처 알지 못했던 한국 도자의 역사와 기술을 그녀를 통해 알게 되었다. 하루는 호세피나 교수가 80년대 말, 세계 도자 박물관에서 한국 도자기를 처음 접했던 순간의 감동을 내게 이야기해 줬다.

"그때까지 본 적이 없는 도자기였어. 분명 중국 도자기도 아니고, 일본 도자기도 아닌데 스타일이 무척 고급스럽고 선이 아름다웠지. 나중에 더 공부하고 보니 그건 한국 도자기였어!"

호세피나 교수가 정년퇴직을 할 때까지 우리는 그녀의 영향으로 교수나 학생을 가리지 않고 다 함께 한국 도자의 매력에 빠질 수 있었다. 일본 도자 소성법의 한 형태인 '라꾸'도 일본으로 끌려간 조선 도예공이 처음으로 개발한 소성법이라는 것을 알게 되었고, 일본의 '하나 가마'가 한국에서 전래된 것도 그때 처음 알았다. 나는 이 학교에 다니면서 묘한 자긍심을 느꼈다.

내가 존경하는 조안 비케이라(Xoan Viqueira) 교수는 지금 내 공방에 있는 수동 물레를 선물해준 주인공이다. 처음 수동 물레를 썼을 때는 난감했다. 편한 자동 물레만 사용하다 보니 손과 발이 한꺼번에 움직여 주지 않았고, 마치 구석기 시대의 유물처럼 모든 게 불편하고 어색했다. 하지만 고산에서 생활하면서 조금씩 수동 물레의 가치가 무엇인지 깨닫게 됐다. 녹이 슨 물레를 사포로 깨끗이 문질러 페인트칠을 하니 새것이 된 데다 자동 물레와는 비교할 수 없는 기품이 있었다. 이제 이 수동 물레는 무엇과도 바꿀 수 없는 나의 소중한 보물이다.

도자기를 만드는 일은 돈을 버는 일도, 이름을 날리는 일도 아니다. 하지만 나는 도자기를 만들며 비로소 내 안에 숨겨진 욕망과 직면했다. 서른 넘어 도자를 시작한 것이 엄청난 행운으로 느껴질 정도로 지금의 내게 도자기를 만드는 일은 소중하다. 내면 깊숙한 곳에서 우러나온 느낌을 그대로 표현한다는 생각으로 물레를 돌리다 보면 그 순간만큼은 일상의 모든 고통과 시름을 잊을 수 있다. 이런 마음이 통했는지, 나는 스페인의 알코라 국제도자 비엔날레에서 '화두'라는 제목의 작품으로 입선을 했다. 겨우 입선이라고 생각할 수도 있지만 내겐 대상보다 더 값진 의미였다.

이곳으로 이사를 오면서 나는 허름한 마구간을 수리해 도예실로 만들고, 조안 교수가 물려준 수동 물레와 가스 가마를 들여놓은 다음 '돌공방'이라 이름 붙였다. 집을 수리하기 위해 직업훈련학교에서 벽돌공 일을 배울 때도, 오후가 되면 물레를 돌렸다. 낯설고 황량한 곳에서 나를 위로해준 것은 수동 물레였다. 도자기를 만드는 시간만큼은 아이도, 남편도, 낯선 이국땅이라는 것도 모두 잊고 오로지 나에게 집중할 수 있었다.

하지만 세 아이가 태어나면서 이 기쁨을 잠시 접어야 했다. 도자기는커녕 24시간 아이에게 눈을 뗄 수 없으니 아이를 돌보는 일 외에는 아무것도 할 수 없었다. 도자기를 굽지 못하니 잠깐 우울증이 오기도 했다. 쇼핑할 곳도, 외식할 곳도 없는 이곳에서 그나마 해방구였던 도자기마저 굽지 못하니 모든 것이 짜증나고 괴로웠다.

얼마 전, 실로 몇 년 만에 먼지 쌓인 물레를 청소했다. 그리고 조용히 물레를 돌려봤다. 어느새 훌쩍 자란 쌍둥이들이 몰려와 물레를 돌려보고 반죽된 흙을 만져보며 신기해한다. 흙을 한 점씩 떼어주면 흙 범벅이 되어 곁에서 논다. 그 모습을 지켜보면 피식 웃음이 나온다.

"너희들이 진짜 내 작품이다."

도자기를 만들지 못하는 시간 동안 나는 소중한 세 작품을 얻었다. 무엇과도 바꿀 수 없는 진짜 명작, 나의 아이들. 나는 가끔씩 10여 년 전 뜨거웠던 나의 열정을 고스란히 담아, 세 아이를 위한 흙 인형을 구워낸다.

저렴하게 스페인어 배우며
3개월 살아보기

스페인의 매력에 빠져 장기 여행을 계획하는 사람들이 많은 것 같다. 나는 한두 달 한곳에 머물며 그 지역의 정취를 맘껏 느껴보는 여행을 추천하고 싶다. 이렇게 하면 여행 경비의 많은 부분을 차지하는 숙박비와 교통비를 획기적으로 줄일 수 있고 시간 대비 만족스러운 여행을 할 수 있기 때문이다. 스페인에서 비교적 저렴한 체류 비용을 들여 3개월 정도 지내며 스페인의 속살을 체험할 수 있는 방법을 알아보자.

스페인 중소 도시에서 집 빌리기
아파트를 빌린다면 현지인 친구의 도움을 받는 방법이 가장 쉽다. 아니면 스페인에 거주하는 한국인을 통하는 것을 권한다. 아파트를 한 달 빌리는 경우 월 300~600유로 정도 든다. 내가 사는 비스타베야의 경우에는 200~300유로면 된다. 대부분 아파트에는 가구가 딸려 있어 이불만 준비하면 된다. 화장실과 욕실, 부엌, 거실 외 방이 두세 개 있는 것이 보통이다. 그래서 다른 사람과 집을 공유하면 비용을 훨씬 줄일 수 있다. 스페인에서 장기로 머무는 사람들의 특징은 뭔가를 배운다는 점이다. 특히 일본 사람들이 많은데 플라멩코 배우기, 기타 배우기, 스페인어 배우기, 치즈 만들기, 도자 공예 배우기, 민속 악기 배우기 등이다.

3개월 이하 스페인어 어학연수 과정 밟기

발렌시아 주의 속주 중 하나인 조용한 지중해 휴양지, 카스테욘(Castellón)에 위치한 자우메 프리메로 대학교에 어학연수 과정이 있다. 대체로 한국인은 어학 에이전시를 통한 유학 프로그램을 선호하는데 본인이 학교를 직접 찾아가는 방법도 있다. 물론 비자를 신청해야 한다. 이 대학교는 18세 이상 여권만 있으면 어학 강좌를 들을 수 있다.

스페인어를 전혀 모르는 사람도 기초반은 테스트 없이 등록 가능하다. 보통 어학 코스는 인텐시브 코스(Intensive Course)와 세미 인텐시브 코스(Semi-intensive Course)로 나뉜다. 인텐시브 코스는 여름, 가을에 집중적으로 배우는 1개월 과정이며 총 78시간 45클래스, 180유로다. 세미 인텐시브 코스는 3개월 과정이며 총 100시간, 70클래스, 250유로다.

이 코스에 등록하면 도서관 자율 언어 강의를 들을 수 있는 혜택도 주어진다. 영어, 프랑스어, 스페인어 등 원하는 언어를 선택해 무료로 배울 수 있다. 자우메 프리메로 대학교의 어학연수 코스는 매년 8월 1일에 입학 등록을 해야 한다.

카스테욘은 한국과 비교하면 무척 조용한 도시다. 공기 좋은 곳에 머물며 여유롭게 스페인어를 공부해보고 싶은 사람에게 추천하고 싶은 곳 중 하나다.

꿈에 그리던
내 텃밭을
가지다

집수리가 끝나기도 전에 내가 제일 먼저 한 일은 채소밭 만들기였다. 집은 고친 후에 들어가면 되지만, 먹을거리는 당장 해결해야 했다. 이왕 시골에 살게 된 것, 텃밭 하나 있으면 좋겠다 싶었다. 여름이 오기 전에 뭔가를 해야 한다는 위기의식이 커질 때쯤 라이문드 할아버지를 만났다.

그날도 카라반에서 커피를 마시며 책을 읽고 있는데, 키 작은 할아버지 한 분이 꼭 자기만큼이나 작은 개를 데리고 카라반 근처를 어슬렁거렸다. 사람이라곤 아무도 없는 곳에서 낯선 인기척에 놀란 나는 커튼 사이로 몰래 이방인의 행동을 관찰했다. 그리고 용기를 내어 인사했다.

"¡Hola! ¿Cómo estás? (안녕하세요?)"

"¡Hola!"

낯선 이방인인 나를 환한 웃음으로 맞이해준 그는 한눈에 보기에도 무척 선량한 눈빛을 가지고 있었다. 라이문드는 난쟁이처럼 키가 작고, 솟은 곱추를 가진 칠순 노인으로 오래전에 이곳에 살았던 분이다. 우리 집 옆에는 쓰러져가는 농가가 한 채

있는데 지금은 아무도 살지 않는다. 하지만 오래전 이 두 집에
는 대가족 공동체가 살고 있었고, 형제들에게 유산으로 집을 쪼
개어 나눠줬다고 한다. 그러니까 라이문드는 내 옆집에 살았고,
그의 삼촌이 우리 집의 오래전 소유주였던 셈이다.

"도박에 빠진 삼촌이 이 집을 하루아침에 날려버렸지."

자세한 내용까진 모르지만 그가 왜 이 근처에서 어슬렁거리
고 있는지 얼핏 알 것 같았다. 라이문드는 비스타베야에 살면서
가끔씩 자신의 밭과 산을 보러 이곳에 들른다고 했다. 마을에서
우리 집까지는 젊은이 걸음으로도 한 시간은 족히 걸리고, 차를
타도 15분은 와야 하는 거리인데 라이문드는 매번 이 길을 걸어
서 오곤 한다.

"운이 좋은 날엔, 지나가는 차가 태워다주기도 한다오."

주변의 논과 밭을 찬찬히 둘러보던 라이문드는 깊은 한숨을
내쉬었다.

"평생을 함께한 땅인데, 나는 이제 힘이 달려 농사를 지을 수
가 없다오. 언제부턴가 저렇게 잡초가 무성하고 노는 땅이 돼버
렸어. 땅을 뒤집어 거름만 잘 주면 아주 훌륭한 경작지가 될 텐
데……."

순간 귀가 쫑긋했다. 그렇잖아도 뭔가 할 일을 찾고 있던 나
로서는 이보다 반가운 소식이 없었다. 나는 처음 보는 노인인

것도 잊고 큰 소리로 물었다.

"할아버지, 제가 이 밭을 책임지고 일구면 안 될까요? 밭일을 배우고 싶어요."

예상하지 못한 제안에 머뭇거리는 라이문드에게 나는 쐐기를 박았다.

"정 안 되면 저기 옆에 있는 텃밭에 채소라도 키우게 해주세요. 부탁이에요."

라이문드는 대답 대신 내 팔을 밭쪽으로 잡아끌었다.

"당장 잡초를 태워야 해. 그런 다음에야 밭을 갈 수 있지. 봄이 끝나가는 마당이라 서두르지 않으면 올해 농사는 시작도 못하고 망친다고."

"유레카! 감사합니다."

처음 보는 여자에게 크게 선심을 쓰니 혹시 그에게 무슨 꿍꿍이가 있는 게 아닐까 의심하던 다음 날, 라이문드는 근처 양 목장에서 얻은 거름과 농작기까지 가지고 찾아왔다. 나중에 알고 보니 할아버지는 마을의 천사로 불렸다. 사람들은 하나같이 입을 모아 라이문드를 찬양했다.

"심장이 너무 커서 사랑이 넘친다오. 작은 몸이 큰 심장을 버티지 못해 등으로 솟았다네. 등으로 솟은 건 사랑의 심장이오."

나는 이 천사의 도움으로 난생 처음 내 텃밭을 가지게 됐다. 고백하자면 텃밭은 내게 특별한 장소다. 초등학교에 들어가기 전까지 나는 할머니의 손에서 자랐는데, 할머니는 밭일을 갈 때면 늘 나를 업고 나갔다. 할머니의 등에선 비릿한 땀 냄새가 났다. 땅에서 올라오는 야릇한 구린내에 취해 밭 한복판에서 곯아떨어지곤 했다. 또 배가 고프다고 칭얼대면 할머니는 뽑던 채소를 입에 한 움큼씩 넣어주었는데 나는 도로 퉤 뱉곤 했다. 내가 어른이 된 후에도 할머니는 나를 볼 때마다 "네가 걷지도 못하던 아기였을 때, 할머니는 마늘을 뽑고, 너는 저 밭고랑에서 멀뚱히 앉아서 햇볕을 쬐고 있었지." 하고 말하곤 했다. 그래서일까? 내 유년기의 기억에는 찬란하고 몽롱할 정도의 따스한 햇살이 드는 텃밭이 묵직하게 자리 잡고 있다.

그래서 이상하게도 나는 철이 들 무렵부터 또래 친구와 조금 달랐다. 집 마당에 작은 텃밭 하나 만들자고 엄마를 조르기도 했고, 친구들이 장신구며 옷을 살 때도 나는 씨앗 파는 가게 앞을 서성거렸다. 그런 내가 비로소 내 텃밭을 가지게 되었으니 그 감격을 어찌 말로 형언할까.

"우리 식구 먹을거리는 이제 여기서 모두 해결한다!"

나는 호기롭게 텃밭 가꾸기 작업에 착수했다.

농사는
그렇게
짓는 게 아니야

텃밭을 가지게 된 다음 날부터 나는 부지런히 자갈을 고르고 땅을 갈아엎어 버려졌던 불모지를 당장이라도 씨를 뿌릴 수 있는 비옥한 땅으로 바꿔놓았다. 강한 태양 아래 매일 구슬땀을 흘렸지만 씨를 뿌리고 채소를 길러 먹을 생각을 하면 하나도 힘들지 않았다. 하지만 막상 텃밭에 씨를 뿌릴 때가 되자 나는 당황했다. 텃밭을 갖고 싶다는 생각만 했지 막상 무엇을 심고, 어떻게 키워야 할지 아는 게 하나도 없었다. 마음만 앞서 농사일을 제대로 배워볼 생각도 하지 않았던 것이 그제야 후회됐다.

"이제부터라도 하나씩 배우면 되지 뭐."

일자무식 농사꾼인 나는 그때부터 '텃밭 일기' 노트를 만들어 적당한 채소 이름을 기록했다.

"여기엔 상추, 여기엔 무, 여긴 콜리플라워, 또 이곳엔 루꼴라가 좋겠어."

초보 농부의 야심찬 텃밭 설계도가 그려졌다. 씨를 뿌리고 얼마 지나지 않아 땅을 뚫고 나온 채소의 새잎들을 볼 수 있었다.

새싹들을 처음 봤을 때의 오묘한 기쁨은 차마 말로 다 표현할 수 없다. 어디서 씨앗이 날아왔는지 심지 않은 채소들까지 어우러져 텃밭은 제법 그럴 듯한 모양을 갖추었다.

"산똘, 나는 창조주의 기분을 조금은 알 것 같아. 버려졌던 황무지에 이렇게 예쁘고 싱싱한 채소들이 자라나다니 놀랍지 않아?"

동이 트기도 전에 밖으로 나와 이 텃밭을 둘러보는 일이 나의 첫 일과가 됐다. 졸린 눈으로 끌려나온 남편과 나는 연신 감탄사를 연발했고 채소들의 키가 자랄수록 나의 자랑도 함께 늘었다. 첫해의 수확은 기대 이상이었다. 남편은 "농사 실력은 꽝이지만 채소들이 너의 감탄사를 듣고 자란 것 같아."라며 놀렸다. 우리 부부가 넉넉히 먹고 이웃과 친구, 가족들에게 골고루 나눠 줄 정도였으니 말 그대로 대성공이었다.

운이 좋아 첫 농사에 성공했지만 체계적인 공부가 필요했다. 그중에서도 마을 할머니, 할아버지의 경험을 엿듣는 게 가장 큰 공부였다.

"이 식물은 저 식물과 궁합이 맞질 않아!"

"땅을 왜 놀려. 감자는 봄에 한 번, 늦여름에 한 번 이렇게 두 번은 심을 수 있어!"

"달이 찼을 때는 마늘을 심는 것이 아니라오!"

마치 한국의 논밭에서 들려오는 듯한 연륜 있는 어른들의 한 마디가 모두 피와 살 같은 지식이 됐다. 양치기 마리아 할머니가 지나가다가 한마디 거들고, 페페 아저씨가 한마디 거드는 식으로 나는 농사일을 배웠다. 가끔 손수 심은 모종도 나누어 심고, 서로 잡초도 뽑아주면서.

농작물들은 주인의 발소리를 듣고 자란다고 했던가. 그 말의 진짜 의미를 깨닫게 된 건 얼마 지나지 않아서였다. 첫해, 아무것도 모르고 풍성한 수확을 거둔 나는 매해 그런 결과이리라 믿고 있었다. 하지만 그다음 해, 나는 상추 한 포기, 감자 한 알도 얻지 못했다. 채소들이 싹 말라죽어버린 것이다. 스페인은 강수량이 무척 적은 나라다. 그래서인지 예부터 집집마다 저수탱크를 만들어 빗물을 활용했다. 특히 이 고산은 비가 적어 늘 가뭄에 시달린다. 샘은 적고 물은 귀한 곳, 이곳 비스타베야도 빠질 수 없는 고산의 건조한 지역이었다. 알고 보니 내가 첫 농사를 지은 해에 이상 기온 현상으로 비가 많이 내렸던 것이었다.

농사는 그야말로 전쟁이었다. 사람이 먹기도 부족한 물을 아끼고 아껴 식물에게 뿌려주고, 그것마저 얻지 못할 때는 먼 동네까지 찾아가 물을 수소문하기도 했으니 말이다.

　그마저도 실패해 채소들이 바짝 말라죽어버리면, 무고한 생명들을 내 잘못으로 죽인 것 같아 울적해지기도 했다.

　아침부터 저녁까지 정성을 다해 가꾼 채소들이 하루아침 사이에 죽는 일이 반복되었다. 다른 방법을 강구하지 않으면 안 됐다. 어떻게든 물을 마련해야 했다. 그러던 어느 날, 뜻하지 않은 행운이 찾아왔다. 한 이웃이 관리하는 폰타날(Fontanal)이라는 곳에 방문했는데 세상에, 그곳에는 샘이 있고 샘물을 받아 동물들의 목을 축일 수 있는 구유가 세 개나 있고, 채소에 물을 댈 수 있는 저수지까지 있었다. 하지만 샘 근처 밭은 경작을 멈춘 지 오래돼 보였고, 땅도 방치돼 있었다.

　남편과 나는 이 땅의 주인을 찾기 위해 사방팔방 수소문했다. 놀고 있는 땅인데 물까지 풍부하니, 그 밭을 빌려 밭농사를 지을 요량이었다. 하지만 땅주인이 누구인지 알고 있는 사람은 아무도 없었다. 결국 남편은 토지대장까지 열람해 땅의 소유주가 카스테욘(Castellón) 주(州)라는 사실을 알아냈다. 유산을 나누어줄 가족이 없는 사람이 죽으면 전 재산이 주의 소유가 된다는 사실도 함께. 놀라운 것은 주 정부에서 이 넓은 땅을 50년 동안이나 방치하고 있다는 사실이었다. 경작도 하지 않고, 필요한 사람에게 대여도 해주지 않은 채 말이다. 그 사실을 확인한 날, 남편과 나는 의미심장한 눈빛을 주고받았다.

"설마 이 시골까지 찾아와 땅 좀 경작했다고 우리를 잡아가 겠어? 상을 줘도 모자라지!"

주인이 오면 돌려주면 그만이라는 배짱으로 우리는 밭을 일 궈 채소를 가꾸기 시작했다. 기대 이상이었다. 그리고 지금까지 도 그 땅에서 채소를 길러 먹고 있다. 오랫동안 방치해둔 땅이 라서 그런지 영양분이 풍부해 채소들이 무척 잘 자란다. 우리 가족이 먹는 채소는 100％ 유기농이다. 벌레 먹은 채소라고 실 망한 적은 한 번도 없다. 작은 벌레와 나누어 먹는 채소가 훨씬 맛있으니까.

산골 생활 10년이 넘어서면서 이제야 비로소 상추 한 포기, 토마토 한 알의 진정한 의미를 깨달아간다. 몸을 움직이지 않고 는 무엇도 손에 넣을 수 없는 이곳에서, 노동의 의미를 달리 생 각하게 됐다. 화학제품을 전혀 쓰지 않는 순수 유기농으로 길러 낸 채소들을 맛있게 먹는 아이들을 볼 때, 나는 문득 할머니의 땀 냄새가 그리워진다.

Vistabella

자연의 품에서
자라는 아이들

다른 인생의
계단을
올라갈 때

산똘이 자전거 세계일주를 잠시 접고 스페인에 돌아온 건 순전히 건강 문제 때문이었다. 여행 중에 오염된 물을 마셨는지 심한 속앓이를 하던 그는 스페인에서 치료받고 여행을 재개할 계획이었다. 하지만 건강을 회복하면서 그의 계획은 점점 멀어져갔다. 하루는 꽤 진지한 얼굴로 말했다.

"사람마다 인생의 단계가 있는 법인데, 나는 아직 계단 아래에서 위로 올라가지 못하고 있는 것 같아. 이젠 새 계단을 과감하게 밟을 때야!"

그렇게 좋아하던 자신의 세계를 한쪽으로 밀어내고, 새로운 세계를 받아들이겠다니 나는 미안한 마음이 들었다. 하지만 그는 자신의 인생은 자신이 선택하는 것이라며 미안할 필요도 없다고 나를 안심시켰다. 우리는 새로운 삶을 물색해 산똘은 '산림학', 나는 '스페인어와 도자기' 공부를 시작했다.

그는 대학에서 산업디자인을 전공한, 스페인에서 꽤 잘나가던 디자이너였다. 한때 비서를 두고 일할 만큼 실력이 좋아 회사에서도 그를 놓치지 않으려 무던히 애썼다고 들었다. 하지만 하루 12시간 이상 일하고, 개인 시간도 없이 쳇바퀴처럼 돌아가는 일상은 그가 궁극적으로 원하는 삶이 아니었다. 5년쯤 일하고 나니 회의가 들어 과감하게 사표를 던지고 자전거 여행을 시작했다고 한다. 디자인 회사를 나올 때도 이런 다짐을 했단다.

'이제는 디자인이라는 계단에서 벗어날 때다. 다음 계단을 올라야 해!'

남편은 그런 사람이다. 뭔가 자신이 원하는 일이 있으면 두려움도, 망설임도 없이 실천으로 옮기고 본다. 생각은 신중하게 하되, 한번 결심한 일은 망설임 없이 돌진한다.

산림학교에 등록한 남편은 실전에서 도움이 될 일을 찾기 시작했고 운 좋게 곧 화재감시원으로 취직했다. 건조하고 더운 기후의 스페인은 여름철에 산림 화재가 심해, 오토바이를 타고 지방을 누비며 산과 들의 화재를 감시해야 했다.

이렇게 남편은 화재감시원이라는 직장과 산림학을 공부하는 학생으로, 나는 도자 학교와 스페인 어학당을 다니는 학생으로 신혼 초를 보냈다.

감자와 양배추가 아니라 돈이 필요해!

첫째 산드라를 낳던 해에 우리는 수중에 돈 한 푼 없었다. 집 수리하느라 가진 돈은 바닥났고, 심지어 태양광 전지를 사기 위해 은행에서 돈을 빌린 상태였다. 남편이 월급을 받아왔지만, 그중 40퍼센트는 은행 빚을 갚았고, 나머지는 한 달을 겨우 버틸 정도였다. 한 달 한 달이 마치 줄타기 곡예처럼 아슬아슬했다. 어쩌다 시부모님이 기저귀나 분유를 사오면 횡재라며 환호성을 지르곤 했다.

솔직히 처음 시골에 정착할 땐 소비 사회에 의존하지 않아도 되겠다는 생각에 들떴다. 마침 첫해 농사가 풍년이었고 집 저장고에는 토마토 병조림과 직접 수확한 감자 두 상자가 있었다. 보기만 해도 배가 부를 만큼 먹을거리가 넘치던 그 겨울, 우리는 시험 삼아 평소 동경하던 자급자족을 실천해보았다.

"좋은 생각이야. 옛날 비스타베야 사람들도 겨울에는 감자와 양배추만 먹고 살았대."

나보다 더 신난 남편은 이 의식을 즐겁게 받아들였다. 하지만 막상 감자와 양배추로 모든 끼니를 해결하기란 쉽지 않았다. 하필이면 내가 가장 싫어하는 음식이 감자다. 어릴 적에 할머니가 끼니 대신 주었던 것이 감자라서, 생각만 해도 머리를 절레

절레 내두를 정도였다. 게다가 감자로 내가 할 수 있는 요리는 손에 꼽을 정도로 적었다. 다행히 스페인에서 자란 남편은 감자 수프, 감자 퓌레, 감자튀김, 양파 다져 넣은 크로켓, 감자와 양배추 수프, 찐 감자, 버터 바른 오븐 감자, 찐 브로콜리와 감자 소스, 콜리플라워 그라탱 등 다양한 스페인식 감자 요리를 척척 만들어냈다. 남편 덕분에 한 달 정도를 무사히 감자와 양배추만으로도 지낼 수 있었지만 결과는 참담했다. 머릿속은 기름지고 달콤한 음식 생각으로 가득 찼고, 짜증과 신경질도 늘었다.

그것보다 더 심각한 일도 있었다. 직접 재배한 채소만 먹는다는 취지는 좋았지만 그해 겨울 우리는 외출도 안 하고, 이웃의 가게에도 가지 않고, 대중교통도 전혀 이용하지 않았다. 누가 보면 영락없는 은둔자 부부였다. 우리는 의도치 않게 조금씩 고립되어갔다. 그러면서 크게 깨우친 것이 있다. 내가 직접 재배한 것을 먹고 생활한다는 '자급자족'의 개념을 우린 은연중에 '고립'과 동일한 단어로 취급하고 있었다는 사실이었다. 그 겨울 실험을 통해 우리는 자급자족이 결코 말처럼 쉬운 일이 아니라는 사실을 뼈저리게 절감했다.

그럼에도 만약 아이 없이 남편과 단둘만 살았다면 텃밭을 일궈 작은 농사를 짓고, 제철 음식을 먹으며 소박하게 살았을지 모른다. 그야말로 최소한의 생계비만으로 시골 생활의 여유와 낭만을 만끽했을 것 같다. 아이를 낳기 전 나는 존 세이무어의 『자급자족을 위한 완벽한 안내서(The New Complete Book of Selfsufficiency)』를 옆에 끼고 살다시피 했다. 이제는 시골 생활을 위한 고전이 된 이 책은 빵 만드는 법에서부터 채소와 곡류 경작하기, 동물 기르기, 치즈 만들기, 포도주 만들기, 천 만들기 등 다양한 자급자족 방법을 알려준다. 이 책을 읽고 있으면 누구나 동경할 만한 이상적인 농촌 생활이 머릿속에 그려지곤 했다.

하지만 현실과 이상은 달랐고, 우리에겐 무엇보다 돈이 시급했다. 부부가 먹는 것이야 어떻게 해결한다고 해도, 아이들에게 들어가는 비용이 상당했다. 스페인의 복지 시스템이 적잖은 도움을 주었지만 부모들이 아이들 양육에 느끼는 책임감까지 덜어주지는 못했다.

"마누엘 할아버지는 어떻게 자식을 여덟 명이나 키웠지? 감자와 양배추만 먹으면서 어떻게 아이들을 키울 수 있었을까? 정말 대단해."

답답한 내가 이렇게 혼잣말을 하면 남편은 이런저런 이유를 붙이며 나를 위로하곤 했다.

"그때는 동물도 많이 키웠고 닭장도 있었고, 채소밭, 밀밭, 감자밭, 뭐 지금과는 다른 수준의 규모가 큰 농가였겠지. 그건

자급자족 생활의 완전체였어. 그리고 자식들도 일꾼으로서 큰 몫을 했고."

그러던 어느 날, 심하게 낙천적이던 남편이 비장한 얼굴로 입을 열었다.

"우리에게 필요한 것은 감자와 양배추가 아니라 돈이야."

은행 빚을 갚고 조금이라도 저축하려면 돈이 되는 일을 찾아야 했다. 말이 좋아 돈이 되는 일이지 시골에서 일감을 찾기란 하늘의 별따기만큼 어렵다. 결국 도시의 일을 찾아 끌어오거나 도시의 네트워크를 이용해야만 했다.

산드라가 어렸을 때는 남편이 전공을 살려 책과 잡지 디자인, 포스터 디자인, 광고 디자인 등의 일거리를 받았다. 그 돈으로도 먹고 살기에 어려움이 없었다. 하지만 쌍둥이를 낳자마자 스페인의 경기가 급격히 악화되었고 남편의 일도 대폭 줄어버렸다. 돈을 버는 대신 할 수 있는 일이라곤 노동 교환과 물물 교환이 전부였다.

우리는 자연스럽게 이웃들과 거래하기 시작했다. 감자를 수확하면 바꿀 수 있는 과일을 찾아나섰고 양배추를 수확하면 오이와 토마토를 찾아나섰다. 이웃의 담벼락이 무너지면 달려가 수리해주고, 대신 우리 집 닭장을 고쳐야 할 때면 이웃이 달려와 도와주는 식이었다. 돈이 없어서 시작한 품앗이였지만 하다 보니 이웃과의 교감과 연대의식이 깊어졌다. 돈 드는 일도 줄어들었다. 돈을 들이지 않고도 해결되는 일이 늘어나니 시골에 사는 것이 얼마나 다행이던지. 그렇게 알뜰히 산 덕분인지 우리는 몇 년 후 은행 대출금을 모두 갚을 수 있었다. 전기세, 수도세, 월세 등을 내지 않고, 웬만한 건 물물 교환이나 품앗이로 해결한 덕분이었다.

문제는 계속 있었다. 당시 스페인의 실업률은 전체의 25%, 그중에서도 청년 실업률은 50%를 넘어서고 있었다. 설상가상으로 스페인 정부가 재정 감축의 일환으로 자연공원의 자연환경 교육사들을 해고한다는 소문이 돌았다. 곧 소문은 사실로 확인되었고 실제로 많은 이들이 해고되었다. 그때 남편은 가장으로서의 책임감을 얼마나 크게 느꼈을까? 어느 날 남편이 무겁게 입을 열었다.

"우린 아이가 셋이나 되는데 이대로 살다간 자칫 애들 교육도 못 시킬 수 있어. 정 안 되면 한국에라도 가자."

아이 셋을 키우는 우리 부부가 이 시골에서, 또 한국에서 할 수 있는 일은 무엇일까? 나와 남편은 머리를 싸매고 고민했다. 하지만 현실적으로 돈을 벌 수 있는 방법이 쉽게 떠오르지 않았다. 급한 사람이 우물을 판다고, 남편이 먼저 방법을 찾아냈다.

한국에서 수제 맥주를 만들어 파는 스페인 출신의 맥주 마스터 이야기를 어디에서 들은 모양이었다. 남편은 당장 수제 맥주 만드는 법을 알아보기 시작했다. 한번 생각한 것은 기필코 행동으로 옮기고야 마는 남편은 맥주 만드는 기계를 직접 만들더니 한동안 책을 보며 수제 맥주를 만드는 데 푹 빠졌다. 한국에서 자신이 만든 맥주를 팔 수 있으리란 희망을 안고.

남편이 맥주에 푹 빠져 아예 취미 생활이 되었을 무렵, 구세주가 등장했다. 바로 인터넷이 개통된 것이다. 인터넷 덕분에 나도 본격적인 '부업'에 합류할 수 있었다. 큰돈은 아니지만 소소한 번역 의뢰가 들어왔고 컴맹이나 다름없던 내가 난생처음 블로그도 만들었다. 외로움을 달래기 위해 만든 블로그가 우리에게 기적을 선물할 줄은 그때 짐작조차 하지 못했다.

블로그에 스페인 고산 생활의 이모저모를 소개하자 신문, 방송 쪽에 우리의 존재가 알려지기 시작했다. 놀랍게도 한국에서 방송 제작진이 찾아오기도 했다. 내 번역 일거리도 점점 늘었고 침울했던 우리 마을에도 활기가 넘쳐났다. 기적은 또 있었다. 남편은 운 좋게도 페냐골로사 자연공원에서 유일하게 살아남았다.(안타깝게도 남편의 동료 두 명은 해고되어 아직도 복직하지 못했다.) 덕분에 우리 부부는 다소 경제적인 여유를 잃지 않고 아이들을 키우고 있다.

사람이 사는 곳은 시골이든 도시든 크게 다르지 않다. 시골에 사는 것이 낭만적이기만 한 것도 아니고 어렵기만 한 것도 아니다. 주어진 상황을 어떻게 최선을 다해 활용하느냐가 중요할 뿐이다. 나는 '이번에는 행운의 여신이 우리의 손을 들어주었지만, 다음에는 어떻게 될지 모른다.'는 생각으로 늘 저축하고 아끼려 노력한다. 요즘도 남편은 겨울이 되면 어김없이 세 아이를 모아놓고 이렇게 말한다.

"겨울에 감자와 양배추 요리만 나온다고 불평해선 안 돼. 이 요리는 돈 주고 산 것이 아니라 우리 손으로 직접 재배한 것들이기 때문에 더욱 맛있게 먹어야 해. 귀하게 여기면서."

아이들은 남편의 속내를 알아듣는지 모르는지 종달새처럼 "¡ Sí, sí !(네! 네!)"를 반복한다.

'시골 생활' 하면 떠오르는 단어들은 많다. 낭만, 전원, 휴식, 자급자족, 유기농, 친환경……. 하지만 이 중에 어떤 단어도 시골 생활을 대변하지는 못한다. 시골 생활에서 가장 필요한 것은 불확실한 미래에 대한 '인내'다. 오늘 되지 않으면 내일 될 수도 있고, 오늘 이뤘다 해도 내일 어떻게 될지 모르는 불안을 기꺼이 감내하며 현실을 즐길 수 있을 때, 비로소 시골 생활이 가능해진다.

첫아이
산드라가
태어나던 날

칼바람이 몹시 거세던 2009년 2월이었다. 20분 간격으로 진통이 반복됐다. 낯설고 두려운 타지에서의 첫 출산. 진작부터 마음의 준비는 했지만 막상 들이닥친 생애 첫 출산 앞에 나는 초조했다. 급히 달려온 남편의 차를 타고 1시간 반가량 떨어진 도시의 병원으로 향했다. 옆에서 안심하라 다독여줄 언니나 동생, 친정엄마도 없었다. 두려움은 곧 비명이 되었다. 진통은 엄청나게 아팠다. 친정엄마가 보고 싶었다. 하지만 모든 고통은 나 혼자만의 몫이었다.

막상 병원에 도착하니 산통이 가짜란다. 이렇게 아픈데 가짜 진통이라고요? 항의하고 싶었지만, 그런다고 당장 아이가 나오는 것도 아니니 어쩔 수 없었다. 게다가 다시 집으로 돌아와야 할 처지였다. 아직 산도가 열리지 않아 입원할 수 없다는 것이다. 병원 침대에 누워 출산을 기다리고 싶었지만, 스페인 국립병원은 공공의료제로 운영되기 때문에 언제나 병실이 꽉 차 있었다. 그래서 진짜 다급한 상황이 아니라면 쉽게 병실을 내주지 않았다.

다시 집으로 돌아온 나는 겨우 혹독한 밤을 보내고 아침이 밝자마자 다시 병원으로 향했다. 고통의 파도가 수차례 나를 덮칠 때쯤 병원에 도착하자, 산도가 2센티미터 열렸다며 드디어 병실 하나를 주었다. 그러나 쉽게 출산의 기미가 보이지 않았다. 몇 시간을 웅크리고 누워 보냈는지 모르겠다. 그때 한 간호사가 들어왔다.

"¡Mi Amor! (내 사랑!) 괜찮아?"

비스타베야 출신의 클로딜테 아주머니였다. 한국 여성이 비스타베야에 살고 있으며 곧 출산한다는 소식을 듣고, 일부러 노상안면도 없는 나를 찾아온 것이다. 기대하지 않았던 사람이 친정엄마 같은 다정한 모습으로 나타나 '내 사랑'이라고 불러주니 참았던 눈물이 왈칵 흘러내렸다. 한 번도 본 적 없는 이 외국인 아주머니는 고통으로 사지를 뒤틀고 있는 나를 안고 "곧 나올 테니 조금만 참아, 내 사랑!" 하며 안심시켰다.

클로딜테 아주머니의 도움으로 실제 고통은 좀 수그러들었다. 어느새 산도가 8센티미터 열리고 드디어 분만실로 옮겨졌다. 그런데 뭔가 잘못된 모양이다. 산파와 산부인과 의사는 나를 갑자기 수술실로 보냈다. 나는 누워서 간호사의 도움으로 숨을 조절하고 있었다. 그 와중에 멀리서 누군가의 생일 축하 소리도 들렸다. 엄청난 고통으로 어떤 이는 사경을 헤매고, 어떤 이는 세상에 막 나오기 위해 사력을 다하고, 또 어떤 이는 생일을 축하받고……. 그 순간이 참 기묘하게 느껴졌다. 세상에 존재하는 모든 생이 각각의 중심을 가지고 파장하는 모습이었다. 쓰러질 것 같았던 남편도 안간힘이라는 파장을 보내며 수술복으로 갈아입고 들어왔다. 아이가 곧 태어날 듯했다. 생일 축하 소리가 잠잠해지더니, 어느새 수술실에는 산파 여섯 명이 우르르 몰려와 있었다.

산파는 내 손을 꼭 잡으며 말을 걸었다. 나를 안심시킬 요량이었다.

"태어날 아이 이름이 뭐예요?"

"산드라예요."

"어머나, 내 이름과 똑같네요. 오늘이 바로 내 생일이에요. 조금 전에 생일 축하 파티도 했고요. 우와, 이름도 같고 생일도 같은 산드라가 나오는 날이네요. 축하해요."

그때 곁을 지키던 모든 산파와 간호사가 박수를 치며 환호했다. 마침 생일을 축하하려고 퇴근하지 않았던 산파들이 온전히 나를 돕기 위해 수술실에 들어온 것이다.

"힘내요. 산드라가 나오고 있어요."

"거의 다 됐어요. 조금만 더!"

정말이지 그 짧았던 순간은 좀체 기억에서 지워지지 않는다.

낯선 땅에서, 누군지도 모를 여성들이 나를 찾아와 손을 잡고, 힘을 내라며 위로해주던 그 순간을. 하나로 집결된 에너지를 한 몸에 받으며 빠져들었던 황홀한 순간들. 여성만이 공감하며 응원할 수 있는 이 에너지는 시공간과 인종을 초월하여 동지애를 느끼게 해주었다.

그날 꼬박 8시간의 진통 끝에 첫 딸아이를 품에 안았다. 아이가 나오자마자 산파는 내 배에 아기를 눕혔다.

'네가 산드라니?'

내 앞에는 하얗고 창백한 얼굴에, 까만 눈을 끔뻑거리고 있는 아기가 색색 숨을 쉬고 있었다. 안심과 감동이 섞인 눈물이 흘렀다. 아이를 지켜보던 남편의 서글서글하고도 흐뭇한 웃음도 이 새로운 생명체의 파장에 녹아드는 듯했다.

"드디어 당신도 아빠가 되었네."

지금도 딸아이의 생일이 되면 우느라 고맙다는 말도 제대로 못한 클로딜테 아주머니와 작은 체구의 산드라 산파가 떠오른다. 올해 9살이 된 아이는 자기 이름과 같은 산드라 산파의 이야기를 또 듣고 싶다고 매년 조른다.

갓난아이도
해수욕을 한다고?

첫아이를 낳고 몸조리를 할 때였다. 시부모님의 별장에 머물며 몸조리를 하느라 찬물에 몸을 담그지도 못하고 있는데 마침 남편의 사촌 여동생이 막 출산하고 와서 우리와 합류했다. 그런데 사촌 여동생은 오자마자 옷을 벗고 별장 수영장에 풍덩 들어가 수영을 시작하는 것이 아닌가? 산후조리 때문에 찬물을 만지는 것도 기피하던 내겐 꽤 충격적인 장면이었다.

수영을 마친 사촌은 태어난 지 한 달 된 아이도 데리고 나와 바닷물 목욕을 시키자고 했다. '이렇게 어린 애에게 바닷물 목욕을?' 나는 고개를 갸웃거렸다. 옆에 있던 시어머니도 덩달아 "그래, 산들. 바닷물에 아이 목욕부터 시켜라. 저항력도 늘고 아이에게 좋단다. 네 남편이 갓난아기였을 때도 내가 일부러 데려와 몸을 씻겨줬지." 하시는 게 아닌가.

남편의 말은 더 놀라웠다. "아이가 바닷물에 목욕을 하면 그해 건강은 걱정 없어. 아이 면역력이 엄청나게 높아지지. 삼투압 현상으로 아이들 몸속 독소를 빼준다고." 당최 믿을 수 없었던 나는 자료를 찾아보며 이내 수긍하게 됐다.

스페인 발렌시아 지방에는 아이들을 바닷물에 목욕시키는 풍습이 전해 내려 온다. 바닷물의 부력을 이용해 가슴과 배 근육을 단련시키고 신진대사를 돕는다는 것이다. 특히 관절 계통의 질병에는 바닷물이 최고라고 한다. 그래서 인지 발렌시아 사람들은 적어도 1년에 한 번은 꼭 바닷가를 찾아 해수욕을 한다. 지역명이 '물에서 나온 소금(Sal de Agua)'도 있고 피곤할 때면 소금물에 레몬을 풀어 발을 씻는 사람도 있다. 옛날에는 소아마비에 걸린 아이를 데려다 바닷물에 씻기기도 했단다. 발렌시아 출신의 인상주의 화가, 호아킨 소로야(Joaquín Sorolla)의 작품에서도 19세기 지중해 해변에서 목욕하는 병든 아이들의 모습을 볼 수 있다.

사실 우리 몸은 바닷물의 구성 성분과 아주 비슷하다. 바닷물은 나트륨, 칼륨, 칼슘, 마그네슘, 요오드 등 각종 성분이 녹아 있는 보물 창고로 신경통, 관절염, 심장 혈관 질환, 방광염 등에 치료 효과가 있다고 한다. 이상하게만 보이던 풍습이 사실은 선조들의 경험이 축적되어 자리 잡은 생활 방식이었던 것이다.

산모에게
미역국 대신
비스킷을 주다니

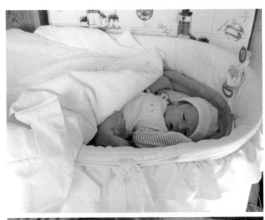

스페인 병원에서는 하루 한 번 아이의 목욕 시간을 제외하면 엄마와 아이를 한시도 떼어놓지 않는다. 24시간 내 품에 안겨 있는 아이, 그것은 곧 이 아이의 모든 것이 온전히 내 책임이라는 뜻이기도 했다. 출산에 대한 정보가 전혀 없던 나는 병원에 머무는 3일 동안 간호사에게 물어물어 초보 엄마로서 필요한 정보를 배웠다. 한국에서는 산후조리원이나 친정엄마가 대부분 해줄 일을, 앞으로 나 혼자 감당할 생각을 하니 앞이 캄캄했다. 게다가 이 나라의 출산과 산후조리 문화는 한국과 달라도 너무 달랐다.

스페인에서는 산모가 활동을 많이 해야 몸도 빨리 회복된다는 믿음이 강하다. 그래서 출산 후 바로 찬물로 샤워를 하거나, 평상시처럼 요리하기도 한다. 한 친구는 아이를 낳고 바로 일어나 갓난아이를 데리고 외출하기까지 했다. 게다가 출산한 다음 날 아침 메뉴가 토스트와 과일 한 개, 비스킷, 커피 같은 진한 보리차 한 잔이 다였다. 미역국은 기대하지도 않았지만 배낭여행객의 아침 식사 같은 메뉴를 보고 당황한 기억이 생생하다.

점심 식사도 일반인 식단에 약간의 식이섬유와 채소가 보태진 것만 달랐다. 타지에서 출산을 하고, 약해질 대로 약해져 있던 초보 엄마의 서러움이 폭발하기 직전이었다.

눈물을 머금고 퇴원한 나는 집에 도착하자마자 남편이 미리 만들어 놓은 미역국 한 대접을 들이켜듯 먹었다. 그런데 그까짓 미역국이 뭐라고, 국을 먹는데 눈물이 줄줄 흘렀다. 나는 출산 전부터 남편과 시댁 식구들에게 한국식 산후조리에 대해 자주 설명하고, 집에서 푹 쉬면서 미역국과 밥을 먹으며 모유 수유에 전념할 테니, 외출이나 가사 일은 기대하지 말라고 선언했다. 덕분에 시댁에 들어가 한 달간 산후조리를 할 수 있었다. 외국인 시부모님은 아이들의 목욕과 빨래, 낮 시간에 아이 돌보기를 도맡아 해주셨다. 하지만 산후 활동을 중시하는 시부모님께 한국식 산후조리를 설명하고 설득하기가 쉽지 않았다.

"날씨도 좋은데 햇볕 좀 쐬고 오너라. 이렇게 좋은 날 햇볕을 받아야 몸도 빨리 낫는단다. 산책 좀 하고 와."

출산 후 5일째, 회음부 절개 이후 아직 아물지도 않았는데 시부모님은 자꾸만 외출과 산책을 권하셨다. 찬바람이 쌩쌩 부는 2월의 한파에 산책이라니. 반면 한국의 친정엄마에게서는 절대로 집 밖에 다니지 말고 집에서 쉬라는 엄명이 떨어졌다. 아기를 낳고 몸을 잘못 보전하면 나중에 풍이 들고 후유증도 심해질 것이라는 우려였다.

"답답할 텐데 머리 감고 샤워해라."

"웬만하면 찬물에 닿지 말고 샤워도 하지 마라."

스페인 어머니와 한국 어머니에게 동시에 받은, 전혀 다른 주문을 두고 나는 어찌할 바를 몰랐다. 그래서 눈치껏 스페인식 반, 한국식 반의 산후조리를 했다.

"여름이었다면 아기를 데리고 바다에도 갔을 텐데 아쉽구나. 바닷물에 아기를 목욕시키면 1년 내내 건강하게 지낸다는 건 알고 있지?"

태어난 지 열흘도 안 된 갓난아이를 두고 시어머니는 아쉬움에 혀를 찼다. 실제로 스페인 사람들은 아이가 백일도 되기 전에 외출을 자주 하는데, 남편을 낳고도 시어머니는 한 달이 안 돼 산행까지 했다고 하니, 더 말해 무엇 하겠는가.

나는 유난히 한국식으로 산후조리를 하고 싶었다. 타국에서 홀로 헤쳐 나가는 역경 속에 나에게 익숙했던 한국 문화에 의지하고 싶었던 건 아니었을까 싶다. 하지만 스페인 여자들도 출산 후에 다들 잘 살고 있지 않은가. 한국식만이 최고라는 선입견을 조금씩 버리면서 나는 쌍둥이들을 출산할 때는 미련 없이 이들의 문화를 받아들였다.

운 좋은 날,
쌍둥이
태어나던 날

쌍둥이를 품게 되리라고는 눈곱만큼의 예상도 못 했던 나. 산똘에게 격렬히 따졌다.

"당신 도대체 나한테 뭘 한 거야?"

남편에게 즉각적으로 노여움을 발산했지만 친정엄마에게 소식을 전하다가 노여움이 말끔히 사라져버렸다.

"네 할아버지가 쌍둥이셨어. 6·25 내란 때 헤어져 우리가 모르고 있었던 거야."

그제야 나도 이 유전자의 영향에서 벗어나지 못했다는 사실을 알게 되었다.

첫아이를 낳으면서 단련된 덕분인지, 출산의 두려움보다는 비정상적으로 불러오는 배에서 하루라도 빨리 자유롭고 싶은 마음뿐이었다. 아이들은 배 속에서 아주 튼튼하게 커주었지만, 막달이 되어도 나올 생각을 하지 않았다. 유도분만을 위해 병원으로 들어서는 내 발걸음은 가벼웠다. 분만실에 들어가 남편과 농담을 할 정도로 산통도 편안하게 겪었다.

142

"오늘 운 좋은 날인 줄 아세요. 저는 이런 복잡한 수술의 달인이거든요. 자, 이제 긴장을 풀고 우리 이 운 좋은 날을 시작해 볼까요?"

담당 의사는 익살맞은 농담과 재치로 임산부를 안심시킬 줄 아는 노련한 이였다. 그런데 그가 난데없이 내 귀에 대고 이러는 게 아닌가.

"저기, 혹시 실습생들을 수술실로 불러도 될까요? 이 지역에서 쌍둥이 출산은 매우 드문 일이라 학생들에게 더할 나위 없이 좋은 기회거든요."

승낙을 하자마자 수술실 문이 열리더니 20대 초반의 실습생 무리가 우르르 몰려왔다. 저들이 모두 나를 본다고? 부끄러움을 느낄 새도 없이 출산이 시작됐고 남편은 괜찮다는 눈짓을 보내 나를 안심시켰다.

"자, 첫 번째 아이가 나옵니다. 머리가 보여요!"

쌍둥이 중 첫째가 나오자 배가 눈에 띌 정도로 가벼워지고 숨도 훨씬 자연스럽게 쉬어졌다. 속으로 쾌재를 불렀다. 임신 39주 동안 얼마나 무거웠는지 말도 못했다. 30분 후 두 번째 아이가 울음을 터트렸다. 2011년 10월, 누리와 사라가 함께 내게 왔다. 내가 두 아이를 품에 안고 감격의 상봉을 할 때조차 실습생들의 대화는 진행형이었다.

"우와, 이렇게 탯줄이 두 개 있는 거 처음 봤어. 이 양막 정말 아름답지 않아?"

"이 양수 주머니는 어떻고. 생명의 탄생은 정말 신비해."

피식 웃음이 나왔다. 그들은 생명을 다루는 사람답게 흉측하게 볼 법한 태반과 탯줄을 보면서도 연신 아름답다고 감탄사를 연발했다. 출산 내내 실습생의 반짝이는 눈과 미래의 분만 전문가가 될 이들의 열정에 눌려 나는 몇 초 동안 두 아이를 출산했다는 사실조차 잊을 정도였다.

쌍둥이가 태어나고 3년 정도는 말 그대로 제정신이 아닌 채로 살았다. 새벽에 눈떠 잠자리에 들 때까지 1분 1초도 자유롭지 못했다. 젖 먹이고, 우유 먹이고, 기저귀 갈고, 이유식하고, 책 읽어주고, 안아주고, 뽀뽀하고, 목욕하고, 밥 먹이고, 놀아주고……. 하루가 눈 깜빡할 사이에 지나가곤 했다.

때로는 너무 힘들어서 몇 번이나 혼자 울면서 외로움과 힘겨움을 견뎌야 했다. 하지만 이상하다. 지나고 보니 아이들의 맑은 웃음소리만 기억에 남는다. 내 평생 가장 바쁘고 힘들었지만, 가장 아름다웠던 시간이 그때가 아니었나 싶다. 이제 어엿하게 자라 동생을 챙기는 산드라와 어떻게든 엄마에게 도움이 되려고 애쓰는 쌍둥이를 보면 격세지감이 따로 없다.

스페인 병원에서
치료받기

스페인 사람들은 자국의 의료 시스템에 대한 자부심이 대단하다. 어떤 일이 있어도 이 의료 시스템은 무너지면 안 된다고 생각한다. 스페인의 공공 의료 시스템은 의료 선진국으로 꼽히는 쿠바와 비슷하다. 환자가 병원에 가는 과정은 1차 가정의, 2차 지역 진료소, 3차 종합 병원 외 특수 병원이다. 이 모든 공공 의료 시스템을 활용하는 환자는 사회 보장의 혜택을 받는다.

더 자세히 내가 사는 비스타베야의 예를 들어보자. 아이들이 아프면 1차로 비스타베야의 가정의를 만난다. 대부분 작은 통증이나 병은 이곳에서 해결한다고 보면 된다. 좀 더 심할 경우 2차로 더 큰 마을인 아체네따의 소아청소년과에 간다. 그곳에서도 웬만한 병은 다 해결된다. 만약 여기서도 해결이 안 되는 중대한 병인 경우, 3차로 비교적 큰 도시인 카스테욘의 병원에 찾아간다. 이 모든 과정이 전부 무상의료제다. 일하는 의사들도 봉사 정신이나 소명의식이 강해서 가정의의 경우 1시까지 오전 진료를 보고 1~3시 사이에는 가정을 방문하여 진료한다. 게다가 수시로 야근을 하는 의사가 있어 밤에 발병해도 진료를 받는 데 어려움이 없다.

단점이 하나 있다면 그리 중요하지 않아 보이는 수술의 경우 늦어진다는 점이다. 내 경우 팔뚝에 이상한 혹이 하나 있어 빼야 했는데 생명에 지장이 없고 위급하지 않아서인지 수술을 받기까지 6개월이나 기다리기도 했다. 이런 자잘한 병원 치료는 어쩌면 기다리지 않아도 되는 한국이 세계 제일일 것이다.

스페인 인구 만 명당 의사 수는 37명이다. 세계보건기구 조사에 따르면 유럽 평균은 33.1명, 세계 평균은 12.8명, 한국 평균은 21.6명이다. 이보다 더 놀라운 사실은 스페인의 의사가 공무원이라는 점이다. 한국의 의사들은 전문직 중에서도 고소득군 직업에 속한다. 하지만 스페인의 의사들은 공무원 월급을 받는다. 그런데도 스페인에서 의대를 나온 사람들의 꿈은 '의료공무원'이 되는 것이다. 이들은 공공장소에서 국민을 위해 의술을 펼치는 일에 대단한 자부심을 느낀다.

세 아이의
'비밀의 방'

아장아장 걷던 아이들은 이제 숲으로, 들로 뛰어 다닌다. 적극적으로 탐험을 하는 아이들. 누가 가르쳐준 적도 없는데 아이들은 작은 것 하나도 소홀히 하지 않는다. 세 아이는 어느 날 비밀의 방을 보여주겠다며 내 손을 잡아끌었다.

아이들은 길 위에서 작은 곤충을 만나면 자기들끼리 보고 독이 없는 놈이라고 단정 짓기도 하고, 오래된 참나무 구멍 속에 거꾸로 매달린 작은 박쥐를 가리키며 이곳에서 가장 작은 박쥐라고 내게 설명해주기도 한다. 길 위에 피어난 갈대를 꺾으면서 가장 보드랍고 아름다운 부분을 할머니께 선물할 수 있겠다며 좋아하기도 했다. '어디까지 갈까?' 그냥 지켜보기만 하자고 마음먹은 나는 아이들이 이끄는 길을 따랐다. 마음이 편안해졌다. 자연에서 자라는 아이들의 감성은 따로 가르쳐주지 않아도 저절로 깨어난다는 사실을 부쩍 느끼고 있는 요즘이다.

아이들이 내 손을 이끌고 간 곳은 참나무가 바위를 포근히 감싸고 있는 아늑한 장소였다. 세 자매가 비밀의 방이라고 부르며 가끔씩 오는 곳이라는데 은근히 자랑스러워하는 모습을 보니 분명 아이들이 많이 좋아하고 아끼는 장소임이 분명했다.

　이끼로 감싼 바위 소파에 앉아보라는 아이들 성화에 못 이겨 조용히 눈을 감고 앉았다. 아이들이 보여준 관찰의 세계와 사소한 것도 쉬이 지나치지 않는 태도가 사뭇 어제와 달랐다. 하루하루 쑥쑥 커가는 나무와 꽃처럼 아이들도 그렇게 자연의 품에서 진지하게 성장하고 있었다. 하나의 씨앗이 햇살을 받고 톡 터져 나와 무럭무럭 자라는 새싹처럼.

참나무 집
식구들

우리 집에는 산드라, 누리, 사라, 이렇게 세 딸과 남편 산똘 외에도 여러 식구들이 산다. 열여덟 마리의 암탉과 수탉, 칠면조 암수 두 마리, 그리고 수시로 드나드는 고양이들. 길고양이가 눌러앉아 집고양이가 된 경우도 있고, 집을 나간 수컷 고양이가 이웃의 다른 집에 눌러 앉은 경우도 있어 고양이의 수는 계속 변한다. 물론, 고정적으로 머무는 녀석은 아홉 마리다. 누가 시키지도 않았는데 산드라는 이 식구들에게 먹이 주는 일을 아주 좋아한다.

"오래돼서 딱딱한 빵은 물에 넣어 말랑말랑하게 해줘야 해. 조금 기다려야 해. 음, 기다리라니까. 빵이 아직도 딱딱하잖아? 빵이 말랑말랑해지면 빻은 옥수수를 넣어주면 돼."

"닭들은 꼬, 꼬, 꼬 하고 불러줘야 해. 칠면조는 구루구루구루 하고 불러야 오고. 알았지?"

한적한 고산 마을에 살다 보니 우리 아이들은 어느새 이렇게 동물들과 대화를 나누는 친구가 됐다. 저녁이 찾아오면 풀어놓은 닭을 닭장으로 몰아오고, 밤에 여우가 나타날까봐 항상 동물 우리의 문이 잘 단속되었는지 확인한다.

여권까지 가진
복 많은 유럽의 개들

유럽의 다른 나라와 마찬가지로 스페인에서 반려견은 반드시 수의사 확인서를 받고 등록해야 한다. 유럽의 개들은 웬만한 이민자도 갖기 어려운 서류와 여권까지 갖고 있다. 유럽에서는 자식들을 출가시킨 노부부가 가장 애정을 쏟는 대상이 바로 반려견이다. 당연히 반려견의 지위도 다른 대륙에 비할 바가 아니다.

시어머니도 어렸을 때부터 반려견을 키우고 있는데 사람을 대하는 자세와 다르지 않다. 그녀는 틈만 나면 "개는 절대로 돈으로 사서는 안 돼. 동물보호 센터에서 입양해와야 해. 혼합견이라고 무시하지도 마. 한번 정이 들면 훌륭한 가족이 되니까."라고 말하곤 한다. 시어머니와 함께 사는 반려견 루니는 15살이다. 사람의 나이로 치면 105살. 한마디로 늙은 할미견이다. 나도 이 할미견을 알고 지낸 지가 꽤 됐다. 이 할미견을 돌볼 기회가 있어 많은 음식을 해서 먹였는데, 루니는 스페인 음식은 기가 막히게 먹고 한국 음식은 냄새만 맡고 돌아서는 경우가 많았다.
한번은 새해 첫날 한국 김밥
을 만들고 떡국을 끓여 루니
에게 준 적이 있다. 처음엔 냄
새도 맡지 않고 지나치던 루
니는 떡국에 입을 대는가 싶
더니 갑자기 "끼끼끼잉." 하

면서 비명을 질렀다. 떡에 체한 것인지 목구멍에 걸린 것인지 너무 놀란 나와
시어머니가 달려가 보니 루니가 앞발로 입을 가리키며 괴로워했다. 그걸 본
시어머니가 크게 웃으며 하는 말. "떡이 루니 송곳니에 걸려서 나오질 않아.
하하하." 나도 그 모습을 보고 한참 웃었던 기억이 난다. 한국 개였다면 분명
거뜬히 먹어치웠을 텐데 하며. 루니는 매운 음식도 전혀 먹지 못한다. 결국 루
니는 고기만 잔뜩 챙겨 먹는 호사스런 반려견이다.

스페인에서는 개 등록제를 의무적으로 실시해 철저하게 통제 관리한다. 함부
로 개를 방치, 유기해서도 안 된다. 유기된 개가 발견되면 칩으로 주인을 조회
해 상당한 벌금을 내도록 하고, 때마다 예방접종도 의무적으로 해야 한다. 그
리고 수명이 다한 개는 주인의 판단에 따라 안락사를 시키기도 한다. 인간의
옆에서 인간의 가장 친근한 존재로 살다가 가는 반려견은 분명 이들에겐 소
중한 가족 그 이상이다.

큰딸
산드라
이야기

첫째 딸 산드라의 작은 어깨를 볼 때마다 나는 저 아이의 세계가 무척 궁금해진다. 워낙 온순한 아이라 추위를 녹일 수도 있을 것처럼 따뜻한 아이. 천성이 솜꽃처럼 순하고 맑은 아이다. 한국의 지인들은 산드라를 보며 "산드라 같은 아이라면 열이라도 너끈히 키우겠다."고 감탄하곤 한다. 가끔은 저런 천사 같은 아이가 내 속에서 나왔다는 게 믿어지지 않을 때도 있다.

한편 아이의 얼굴에서 나를 발견할 때면 미안한 마음도 든다. 약하고 부족한 엄마의 유전자를 이어받아 세상과 차마 맞서지 못할 것만 같은, 험한 세상을 극복하기엔 너무 연약한 것 같은 우려 때문이다. 부디 아이들이 나의 부족한 면을 닮지 않았으면 하는 바람은 세상 모든 부모의 마음일 것이다.

산드라는 섬세하다 못해 예민하고 잘 우는 아이였다. 그렇다고 신경질적인 건 아니다. 단지, 너무 예민하여 다른 사람의 얼굴 표정만 봐도 눈치를 읽고 쉽게 영향을 받는다. 자기 장난감을 빌려주고도 돌려달라는 말을 못해 애를 태우기도 하고, 마을 어른들을 만나면 살짝 뒤로 숨을 만큼 수줍음도 많다. 이제 학교 친구들과 어울리면서 조금씩 변하고는 있지만 천성이 어디 가겠는가. 나는 깨질까 두려운 유리구슬을 보듯 산드라를 볼 때마다 조마조마한 마음을 가슴 한편에 품고 산다. 그런 산드라에게 변화가 감지된 사건이 있었다.

비스타베야 마을에는 아이들이 없어 다른 학부모와 만나는 일이 별로 없다. 게다가 우리 집은 마을에서도 한참 떨어진 곳에 있으니 작정을 하지 않으면 또래 부모를 만날 기회조차 없다. 그런데 최근 마을에 이사 온 새로운 가족들이 가끔 아이들을 데리고 소풍을 와서 친해질 기회가 생겼다.

그 가족 중 한 아이가 벨기에에서 온 카야다. 카야는 산드라의 단짝이다. 실제로는 한 살 많은 언니지만 나이가 중요치 않은 이곳에서 둘은 친구처럼 잘 어울리며 지낸다. 성격이 활발하고 예측불허인 카야 덕분인지 산드라도 조금씩 사교적으로 변하는 것 같아 반가운 마음으로 지켜보고 있었다. 물론 우려도 있었다. 카야가 어린이의 활달함이라고 보기엔 지나칠 만큼 난폭한 수준의 말이나 행동을 보일 때가 있었다. 친구라면 서로 영향을 주고받는 것이 당연한 일이지만 나는 카야의 그런 행동이 산드라에게 어떤 영향을 미칠지 다소 걱정스러웠다.

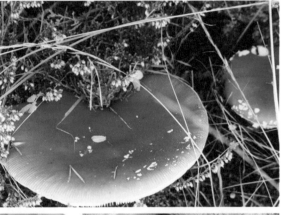

어느 가을날이었다. 그날은 카야 엄마와 카야, 우리 세 아이들, 페페 아저씨와 함께 느긋하게 버섯 산행을 했다. 우리는 버섯 바구니를 들고 길에 보이는 버섯을 관찰하거나 독버섯과 식용버섯 등을 구별하여 채취했다. 평소 왕성한 활동력 덕분에 좀처럼 가만히 있지 못하는 카야는 여지없이 특기를 발휘했다. 어른들의 말을 흘려듣고 보이는 버섯마다 족족 밟아버리거나 긴 막대기로 훌훌 날려버리는 것이었다. 아이니까 그러려니 하고 이해하려 했지만 점점 짜증이 치밀어오를 즈음이었다. 나는 내 귀를 의심했다. 큰소리 한 번 내지 않고 뒤에서 조용히 따라가던 산드라가 나선 것이었다.

"카야! 이 버섯을 함부로 없애버리면 안 돼!"

"왜?"

"너는 잘 모르겠지만, 나는 이 버섯을 먹는 리론(Lirón, 동면 쥐)을 봤어. 버섯을 얼마나 맛있게 먹는지 우리가 다가가도 모르더라. 우리가 먹을 수 있는 버섯이 아니라고 함부로 막 날려버리면 안 돼. 그럼 숲속 동물이 먹을 수 없게 되니까. 또 버섯을 날려버리면 내년에는 균이 사라져서 다시 이 자리에 버섯이 나지 않게 될 수도 있어. 그러니까 장난은 그만두고, 캐지 않을 버섯은 그대로 두는 게 좋아."

"그래?"

그때 당시 산드라는 겨우 만으로 여섯 살이었다. 세상에, 저 아이가 정말 내 딸이란 말인가. 나는 내심 감동했다. 따로 특별히 교육을 시킨 적도 없는데 산드라는 그동안 스스로 자연을 관찰하며 인과를 찾아내고 자신의 생각을 정리했던 모양이다. 나도 모르게 성장한 아이의 모습이 놀랍기도 하고 대견했다. 나는 카야의 엄마가 당황할까봐 얼른 말을 거들었다.

"산드라, 카야는 도시에서 왔으니 아직 이런 걸 잘 모를 거야. 앞으로 친절하게 알려주자."

하지만 카야는 기분 나빠 하기는커녕 금세 다른 놀이에 몰두했다. 카야는 버섯 대신 다른 목표물을 정해 괴성을 지르며 돌진하고 있었다.

"산드라! 우리 저 소나무에 돌 맞추기 놀이 하자."

말이 끝나기 무섭게 카야는 숲속 돌멩이를 잔뜩 주워와 소나무를 향해 힘껏 던졌다. 나는 카야의 존재가 가끔씩 두렵다. 우리 세 아이가 그 뒤를 졸졸 쫓아다니며 온갖 것을 배우기 때문이다. 카야는 모험심이 강해서 가지 말아야 할 곳도 서슴없이 가고, 하지 말아야 할 것도 거침없이 한다. 한번은 막내 사라가 돌담 위에서 카야를 쫓아가다가 얼굴을 크게 다친 적도 있다. 돌이 얼굴에 정면으로 떨어진 제법 큰 사고였다. 이럴 때 엄마라면 누구나 고민이 된다. 내 아이도 소중하지만 다른 아이도 소중하다. 눈앞에서 벌어진 일들이야 조정을 해주면 되지만 틈만 나면 밖을 휘젓고 다니는 때는 걱정이 마음을 무겁게 누르는 게 사실이다.

"산드라! 이것 봐. 돌을 던지니 소나무에서 꿀이 흘러나오고 있어!"

카야는 신이 나서 소나무에서 흘러나온 송진을 손가락으로 찍으며 산드라를 재촉했다.

"너도 빨리 돌을 던져봐. 우리 소나무 꿀을 먹어보자!"

그때 그보다 또렷한 산드라의 목소리가 울려 퍼졌다.

"나는 싫어. 그것은 꿀이 아니라 피야. 돌을 맞은 소나무가 피를 흘리는 거야!"

순간, 나는 전율했다. 마냥 어리고 순하다고만 생각한 아이의 입에서 흘러나온 소신에 가득 찬 말이 감동스러웠다. 평소 자기 주장을 입 밖으로 잘 꺼내지 않던 아이라 더욱 그랬다. 하지만 눈앞의 산드라는 이미 타인 앞에서도 자신의 생각을 정연하게 말하는 능력을 갖추고 있었다. 또 자신이 옳다고 믿는 일이라면 누군가의 비난 따위는 안중에도 없는 듯했다. 피를 흘리는 소나무를 안쓰러운 눈빛으로 바라보는 산드라의 얼굴에서 나는 전사와 같은 강직함을 읽었다. 장난감을 돌려달라고 말하지 못해 눈물을 글썽거리던 그 아이가 아니었다.

"산드라 말이 맞아. 소나무는 저렇게 피를 흘리면서 자신을 보호하고 있는 거야."

옆에서 지켜보던 페페 아저씨가 아이의 말에 화답하듯 설명을 보탰다.

아이들은 정말 쉬지 않고 성장하는 나무 같다. 어느 때 보면 하루하루 부쩍부쩍 자라는 콩나물 같기도 하다. 평소 '자연이 삶의 교과서'라는 생각으로 숲의 이곳저곳 소풍을 다니듯 끌고 다녔지만 그렇다고 특별한 교육을 시킨 것은 아니었다. 하지만 아이는 저절로 엄마가 상상도 하지 못한 것들을 체득하고 깨우치고 있었다. 세 아이를 키우다 보니 아이에 따라 다르게 봐주어야 할 부분도 있다는 걸 안다. 하지만 공통적인, 분명한 것 하나가 있다. 아무것도 모르리라고 생각한 어린아이들도 뭔가를 스스로 관찰하고 그 원인을 분석하며, 자신만의 입장을 세울 수 있다는 것이다. 세 아이를 키우면서 아이들이야말로 독립된 인격체라고 한 선인의 말이 점점 깊이 와닿는다.

엄마가
미안해!

하루하루 빠르게 흘러가는 세월 속에 육아에 지친
엄마들의 생각은 아마 모두 같지 않을까. 하루만이라도 손도 까
딱하지 않고 누워 있을 수 있다면 소원이 없겠다는 생각. 도와
줄 사람 없는 이 외딴 시골에서 가끔 나도 자유를 갈망하곤 한
다. 하지만 거의 불가능에 가까운 일이다. 다행인 것은 가사분
담에 적극적인 남편이다. 남편은 하루 종일 아이들을 돌본 나를
위해 퇴근하고 돌아오면 단 30분이라도 쉴 수 있게 해준다. 세
아이를 모두 데리고 나가 놀거나 부엌일을 대신하면서 누워 쉬
라고 재촉한다. 그 마음이 참 고맙다.

그날도 나는 부엌이 보이는 다락방에 누워 쉬고 있었다. 남편
이 요리를 하고, 아이들은 식탁에 모여 앉아 그림을 그리고 있
었다. 이때 갑자기 산드라의 목소리가 들렸다.

"아빠! 제가 커서 어른이 되면, 직장을 구해서 돈을 벌어야
하지요? 매일매일 돈 벌러 어디론가 가야 하는 거지요?"

'아니, 어린애가 벌써 저런 생각을? 아침마다 출근하는 남편
의 영향인가?'

나이에 맞지 않는 질문에 놀라면서도 내심 반가운 마음에 '그래, 딸아! 어서 커서 돈 많이 벌어 이 엄마 좀 호강시켜줘!'라고 말할 뻔했다. 그때였다.

"Mi Amor(내 사랑), 넌 그런 걱정은 조금도 할 필요가 없어. 네가 어른이 되려면 아주 많은 시간이 흘러야 하거든? 그런데 우리는 먼 미래의 일을 지금 알 수가 없어. 그러니 벌써부터 그런 걱정을 할 필요가 없단다. 나중 일은 나중에 생각하고 지금 일은 지금 생각하는 거야. 지금 네가 할 일이 뭔 줄 아니?"

"지금 제가 할 일이 뭔데요?"

또 불쑥 부녀의 대화에 끼어들어 '숙제, 공부!'라고 말할 뻔했다. 당연히 지금은 공부할 때이고, 열심히 공부해야 훌륭한 사람이 될 수 있다는 생각. 아! 나도 어쩔 수 없는 한국 엄마였다. 그때 한껏 높아진 남편의 목소리가 들렸다.

"지금 네가 해야 할 일은, 바로 '노는 일'이야. 아무 걱정 없이 막 노는 것!"

"노는 일?"

"그래, 아이들은 열심히 놀아야 하는 것이 '일'이야. 학교에서 친구들과 재미있게 놀고, 집에 오면 고양이랑 열심히 놀아줘야 하는 거야. 색칠하면서 놀고, 만들기 하면서 놀고, 숫자도 세면서 놀고. 이렇게 놀 일이 많으니까 넌 걱정할 필요가 없단다."

아, 이 사람. 결혼 전 독신을 고집했던 남자라고는 전혀 생각
할 수 없을 만큼 깊고 다정한 부성애를 보여준다. 뭔가 크게 안
도한 듯 다시 그림 그리기에 집중하는 아이들 곁에서 저녁 준비
에 분주한 남편을 조용히 내려다보며 부끄러움이 밀려온다. 아
이에 대한 집착에서 자유로울 수 없는 엄마, 자연에서 크길 바
라 이곳까지 와서 살면서도 결국은 아이에게 공부를 요구하는
엄마가 나였구나. 낭패감에 잠시 멍해졌다. 평소 아이를 대할
때 남편의 시선은 언제나 '아이 중심'에 있다.

이런 일도 있었다. 인터넷을 개통한 후 시작한 블로그가 점점
방문객이 늘어나 이른바 유명 블로거가 되어가고 있을 때였다.
비스타베야의 시골 생활에 관심을 가져주는 한국인이 늘어나
는 현상을 신기하게 여긴 현지 라디오 방송에서 출연 요청이 들
어왔다. 동양에서 온 외국인이 시골 마을에 살면서 겪는 문화적
차이와 생활 습관, 또 이곳에서 만난 사람들에 관해 얘기를 나
누는 자리였다. 그런데 이 방송을 들은 스페인 대학교의 부총장
이 나와 인터뷰를 하고 싶다고 연락해왔다. 부총장이 왜 나를?
그동안 꾸준히 올렸던 블로그 활동이 괜한 짓만은 아니었다는
생각과 함께 내심 기대가 컸다. 그런데 하필이면 인터뷰 날짜가
큰아이 생일날이었다.

나는 남편에게 어쩌면 두 번 오지 않을 기회일지도 모르니 어서 인터뷰를 잡자고 재촉했다.

"아이들과 생일잔치를 하기로 약속했잖아? 게다가 생일 케이크도 같이 만들고, 학교에서 축하해주기로 약속도 했잖아? 아이와의 약속이 훨씬 더 중요한 거 아냐?"

순간 뒤통수를 얻어맞은 듯했다. 내심 부끄러움을 감추며 간신히 대답했다.

"그러네. 아이와의 약속이 더 중요하지."

'어쩔 수 없는 속물'인 나는 사회적으로 영향력이 있는 대학교 부총장을 만난다는 생각에 잔뜩 들떠 있었다. 그런데 아이의 엄마로서 중요한 일이 무엇인지는 까맣게 잊고 있었다. 남편의 펀치가 제대로 적중했다. 인터뷰 일정을 조정하기 위해 부총장에게 전화를 걸 때는 더 부끄러웠다. 그런데 사정을 들은 부총장이 "그럼요. 아이 생일이 더 중요하죠. 약속은 좀 미루시죠." 라고 흔쾌히 말하는 게 아닌가.

작은 해프닝이었지만 이 일을 통해 내가 깨달은 교훈은 결코 작지 않다. 무엇보다 가족의 행복을 우선순위에 두어야 한다는 만고의 진리. 직장 일에 바쁘고 할 일이 많다는 이유로 가정을 뒷전으로 미루는 모습을 현대인의 자화상이라고 비판하면서도, 정작 나조차 다를 바 없다는 사실에 마음이 좋지 않았다.

산뚤의 눈과 마음은 늘 '가족'과 '오늘'에 맞춰져 있다. 아직 오지도 않은 미래에 대해 쓸데없이 걱정하느라 마음 쓰지 않고, 아이들의 요구와 행복을 최우선에 둔다. 남편의 그런 자세에 가장 크게 배우고 감동하는 것은 물론 나다. 남편의 영향으로 나도 조금씩 아이들의 입장에서 생각하고 말하는 법을 배워가고 있다. 아이들과 진짜 행복하기 위한 기본이 무엇인가. 나와 남편은 이제 같은 대답을 할 수 있을 것 같다.

'아이들이란 그저 부모가 곁에 있어주는 것, 그 자체로 무한한 행복을 느끼는 존재.'

오늘도 세 아이와 놀이에 빠져 정신없는 남편을 보며 나는 행복한 혼잣말을 한다.

"독신으로 산다더니 아이가 없었으면 대체 어쩔 뻔했어?"

내 인생에서 가장 잘한 일 중 하나가 이 남자를 만나 아이를 낳은 일이다.

사라와 누리,
신비한 쌍둥이
이야기

10월 27일, 누리와 사라의 생일이다. 아프리카의 어느 종족은 쌍둥이 중 먼저 나온 아이를 가디언(Guardian), 즉 뒤에 나올 동생에게 길을 열어주는 안내자라고 부른다고 한다. 그래서일까? 먼저 태어난 누리는 누가 시킨 것도 아닌데 새로운 것을 먼저 해보고 익혀 동생인 사라에게 보여준다. 그러면 사라는 그것을 똑같이 따라하곤 하는데, 그 모습을 볼 때마다 신통방통하다.

두 아이는 한날한시에 태어났지만 성격은 놀랄 만큼 다르다. 언니 누리는 못 말리는 말괄량이다. 성격도 쾌활해서 툭하면 "엄마 미워요!" 하고 토라졌다가도 몇 분도 안돼 "엄마, 사랑해요." 하며 가슴에 안긴다. 가끔은 산드라와 사라가 원하는 것을 한방에 보기 좋게 꺾어버리는 카리스마도 있고 원하는 게 있으면 손으로 툭툭 치면서 말하는 터프함도 있다.

반면 동생 사라는 애교가 많고 여성적이다. 분신처럼 곰돌이 인형을 끼고 다닌다. 사라는 노래에 탁월한 음감을 지니고 있다. 누가 가르쳐주지 않았는데도 콧노래를 흥얼거리고 어쩌다 라디오에서 어떤 노래가 흘러나오면 금세 그 음을 기억했다가 따라 부르기도 한다. 언젠가 플라멩코의 카혼(Cajón)을 다루던 우고가 이런 사라를 보고 놀란 적이 있었다.

"산들, 사라에게 음악을 가르쳐봐. 아이가 음을 기억해내는 능력이 정말 대단해. 말은 못하지만 아마 사라 머릿속에는 악보들이 살아 움직이고 있을 거야."

모든 엄마들의 눈에 내 아이는 천재로 보인다고 하지만 사라의 음악적 재능은 조금 남달라 보이긴 하다.

이렇게 서로 다른 두 아이는 말문이 트일 때까지 아주 긴 시간이 흘렀다. 만 5세가 되어야 겨우 어른들이 알아들을 수 있는 일상용어를 익혔으니…… 하지만 자기들끼리는 온갖 대화를 한다. 말로만 듣던 쌍둥이 행동 양식이다. 내 귀엔 도무지 알아들을 수 없는 의성어일 뿐이지만 둘은 진짜 대화를 나누는 게 확실해 보인다. 울던 사라에게 누리가 뭐라고 하면 금방 기분이 좋아지기도 하고, 둘이 다투다가 화해를 하기도 하니까. 더 놀라운 것은 이런 쌍둥이의 언어를 산드라가 해석할 줄 안다는 점이다. 내가 두 아이의 요구를 알아듣지 못하고 고개를 갸우뚱거리면 산드라가 금세 무엇이 필요한지 말해주는 식이다. 이 능력이 어찌나 기막힌지 가끔은 아이들의 언어 세계가 따로 있다고 느껴질 정도다.

이렇게 개성이 전혀 다른 쌍둥이는 활동적인 성격만큼은 똑 닮았다. 둘 다 잠자리에서 일어나면 무조건 밖으로 나가는 걸 좋아한다. 어떤 날은 밥 먹고 자는 시간을 제외하곤 하루 종일 밖에서 보낸다. 개미집을 찾아 관찰하거나 흙과 모래를 쌓아 성을 만들거나 산에서 나는 과일 등을 따러 다닌다. 집 주변 모든 자연이 아이들의 놀이터인 셈이다. 현관문을 나서면 천지가 아이들의 호기심을 자극하는 놀잇감이 된다는 점은 내가 불편한 산골 생활을 불평 없이 감내할 수 있는 첫째 이유이기도 하다.

쌍둥이로 태어난 아이들은 운명처럼 비교당하면서 성장하고 있다. 쌍둥이가 아니라 하나의 독립된 인격체로 여기자고 매번 다짐을 하지만, 두 아이를 제대로 알기 위해서라도 비교를 하지 않으면 안 되는 때가 많다. 두 아이를 시시각각 탐구하면서 각자의 특징을 발견하는 것도 쌍둥이를 키우는 큰 즐거움이다.

태어나자마자
귀를 뚫는 스페인 딸들

나는 첫아이부터 스페인에서 낳아 키우는 바람에 한국식 출산 문화나 육아법을 잘 모른다. 대신 스페인의 육아법을 하나씩 배우고 감탄할 때가 많다. 반면 다른 문화적 차이로 놀랄 때도 있다.

첫아기를 낳은 직후가 그랬다. 간호사가 갓 태어난 딸아이를 데려가면서 "귀뚫을까요?" 묻는다. 기겁해서 "아니, 갓난아기에게 웬 귀걸이요?" 했더니 간호사는 정색하며 "왜요? 예쁜 여자아이에겐 귀걸이가 최곤데!" 하는 것이 아닌가.

나중에 알았지만 스페인에서는 갓 태어난 여자아이에게 금 귀걸이를 선물해주고 귀를 뚫어주는 전통이 있다. 보통은 병원에서 간호사들이 귀를 뚫어주고 만약 병원에서 뚫지 못했다면 퇴원 후 약국에서 귀를 뚫는다. 하지만 나는 왠지 내키지 않았다. 귀를 뚫기에는 너무 어릴 뿐 아니라 나중에 아이들이 스스로 선택할 수 있는 권리도 주고 싶었다. 게다가 한국에서는 귀를 뚫으면 복이 나간다는 말도 있지 않은가!

다행히 시어머니는 내 의견을 존중해주시는 편이라 우리는 아이의 귀를 뚫지 않았다. 쌍둥이가 태어나서도 마찬가지다. 그랬더니 가끔 아이들을 데리고 외출할 때면 배꼽 잡는 일이 생긴다. 길에서 만나는 스페인 할머니들이 아이들을 보고 모두들 한 마디씩 "아이고, 고놈들 잘 생겼다. 아들내미 잘생겼어." 하는 것이다. 여자아이의 상징인 귀걸이를 하고 있지 않으니 당연히 아들로 여기는 것. 할머니들에게 딸이라고 말씀드리면 오히려 호통이 떨어지기 일쑤다. "아니, 딸이면 당연히 귀걸이를 해줬어야지 무슨 짓이야?"

스페인을 여행할 기회가 있다면 어린아이들의 귀를 한 번씩 살펴보는 것도 재미있을 듯하다.

아이에게
자유를 주는
스페인식 교육법

우리 부부를 아는 사람들은 아직도 고개를 절레절레 젓는다. 남편은 오랫동안 독신주의를 고집하던 사람이고, 나로 말할 것 같으면 평소 애는 낳지 않겠다는 말을 입에 달고 살던 사람이었다. 이런 두 사람이 어느새 아이 셋의 부모가 되었으니 스스로도 놀랄 일이다. 인적도 드문 이 고산에서 큰아이를 낳고 우리는 자연스럽게 둘째를 낳자는 데 동의했다. 외로운 아이에겐 친구가 절실했다. 그런데 그 친구가 하나가 아니라 둘이었으니 이것은 분명 완벽한 신의 계획임에 틀림없다.

첫아이를 낳고 내가 제일 크게 느낀 감정은 사실 행복감이 아니었다. 지금부터 아이를 보호할 의무와 책임에서 평생 벗어날 수 없다는 운명의 무게가 나를 짓눌렀다. 더욱이 부족한 것투성이인 곳에서 아이를 키운다고 생각하니, 우리가 너무 이기적인 것은 아닐까 싶었다. 그럼에도 변하지 않는 하나는 나도 세상의 다른 부모들처럼 자식이 잘되길 바라는 마음만은 누구보다 큰 엄마라는 점이다. 아이들의 몸과 마음이 건강하고 튼튼히 자랄 수 있는 여건을 마련해주기 위해 자연과 가까이 살기로 했다.

그리고 우리 부부는 아이들 교육에 많은 시간을 투자한다.

땅 위에서 놀며 자라게 하라

쌍둥이들은 아장아장 걷기 시작할 때부터 눈만 뜨면 밖으로 나가자고 졸라댔다. 엄청난 더위도, 혹한의 추위도 아랑곳하지 않았다. 그저 밖에만 풀어놓으면 저희들끼리 노느라 정신이 없었다. 나는 옷을 단단하게 입히고 같이 나가 놀곤 했다. 그때 내 취미는 아이들의 일상을 고스란히 블로그에 올리는 것이었다. 흙바닥에 철퍼덕 앉은 아이들이 고양이를 쓰다듬고 버섯을 만지고, 양 똥까지 손으로 만지작거리는 모습들이 사진에 담겼다. 그런데 여기저기서 우려의 댓글이 눈에 띄었다.

"아이고, 더러워라! 어떻게 아이들을 흙바닥에 앉혀요?"

"어휴! 아이들이 땅바닥에 털퍼덕 앉은 모습이 제일 먼저 눈에 들어오네요. 저 옷……. 저 옷들 빨 생각하면, 저라면 저렇게 내버려두지 않았을 거예요."

예상하지 못했던 반응에 정말 큰 충격을 받았다. 땅에서 흙과 함께 자라는 것이 언제부터 금기시된 걸까? 우리가 언제부터 이렇게 자연과 떨어져 생활하게 된 거지? 마치 흙이 대단히

더러운 무엇으로 취급받는 느낌이 낯설었다.

한번은 한국에서 놀러온 친구들과 이곳 숲에 버섯을 따러간 일이 있다. 푸른 들판에 솟아오른 까르도(Cardo) 버섯을 발견하고 환호성을 지르는데 친구는 달랐다.

"주변에 양 똥이 너무 많아. 양 똥 사이에 난 버섯을 먹을 수 있어? 이걸 어떻게 먹어!"

잠깐 당황했지만 평소 양 떼를 접하지 못한 한국인이라면 이렇게도 생각할 수 있겠구나 생각하니 오히려 재미있었다. 양 똥은 동글동글한 모양으로 부패되지도 않고, 만져도 손에 묻지 않는데다 양 똥을 자양분 삼아 자라는 식물도 적지 않다. 양 똥은 그야말로 씨앗 은행이다.

"괜찮아. 센 불에 잘 볶아먹으면 세균도 다 죽어버려서 아무 문제없어."

하지만 질색하던 친구는 결국 그 맛있는 버섯 요리를 입에도 대지 않았다.

나는 아이들이 흙을 만지고, 동물과 교감하고, 돌, 양 똥, 나무 등을 만지며 오감으로 자연을 느끼는 것이 좋다. 그런 환경이 아이들을 건강히 키우는 자양분이라고 믿는다. 가끔 신발에 묻은 흙만 봐도 불편해하는 현대인의 모습이 오히려 낯설게만 느껴진다.

대체 우리는 어디에 살고 있는 것일까? 많은 사람들이 흙이 주는 치유력과 본질의 힘을 완전히 망각한 게 아닌가 싶다. 하루밖에 안 입은 옷을 서둘러 빨고(화학 제품에), 작은 것만 묻어도 씻어내기 바쁜 현대인은 너무 깨끗해서 너무 병약하다. 살균 소독된 위생적인 환경에 산 덕분에 면역력은 바닥이고 알레르기와 천식, 호흡기 질환, 아토피 등을 안고 산다.

아이가 개를 만지는 것을 꺼려하자 이를 걱정하는 아이 엄마에게 의사가 했다는 조언이 생각난다.

"아이 장에 장내세균총(Intestinal Bacterial Flora)을 키워 면역력을 기르는 방법으로 반려견을 두는 것도 있습니다. 개를 만지고 껴안아주다 보면 유익한 균을 얻을 수 있어요."

우리 부부가 생각하는 위생적인 환경은 100% 소독된 깨끗한 공간이 아니다. 자연과 수시로 접촉하며 자연의 일부가 되는 환경, 그 속에서 공생하며 스스로 면역력을 키우는 환경이야말로 가장 위생적이며 가장 인간적인 공간이 아닐까. 나는 앞으로도 아이들이 흙과 풀, 나무, 꽃, 바람, 햇살을 맘껏 만지고 느끼며 자랐으면 한다.

생활이 놀이고 공부다

우리 집에서는 모든 것이 놀이고 관찰이며, 탐구생활이자 공부다.

"아빠, 오늘은 닭이 얼마나 많은 알을 낳았을까요?"

"아빠도 궁금하다. 우리 한번 세어볼까?"

오늘은 아홉 개의 알을 낳았다. 요즘 아이들은 숫자 세기 공부에 몰입해 있는데 이처럼 좋은 현장 교육도 없다.

"오늘 우리 가족이 하나씩, 다섯 개의 달걀을 먹으면 몇 개가 남을까?"

아이는 한참 생각하더니, "네 개!" 하며 함박웃음을 짓는다.

식사가 끝나고 후식을 먹으면서도 놀이는 계속된다.

"보여, 어떤 것이 보여요."

산드라가 이렇게 먼저 시작한다.

"어떤 것이 보이는데?"

"알아맞혀야 해요. 그것은 'C'자로 시작되는 단어예요."

이런 식으로 아이는 사물과 단어를 연결하여 알아맞히기 놀이를 한다. 초등학교 들어가기 전이지만, 각 사물의 이름과 그 단어의 연관성을 잘 설명한다.

"엄마는 모르겠는데, 힌트라도 좀 줄래?"

"이것은 먹는 것이에요."

이렇게 아이는 스스로 사물을 종류별로 분류한다. 우리가 가르쳐주지 않아도 인지능력이 늘면서 사물의 비슷한 성질과 다른 성질 등을 나누어 분류하니 신기하다.

"그래? 식물이야? 동물이야?"

스무고개 놀이와 같다.

어린 쌍둥이가 맞히지 못하면 큰언니 산드라는 더 큰 미소로 대답한다.

"정답은 칼라바자(Calabaza, 단호박)!"

말도 잘 못하는 쌍둥이도 요즘 언니 흉내를 내면서 비슷한 공부 놀이를 시작했다. 배움은 이렇게 자연스럽게 생활 속에서 일어난다.

"하지 마!"가 아니라
할 수 있는 환경 만들어주기

아이를 키울 때 가장 신경 쓰는 것은 바로 위험에 빠지지 않도록 돌보는 것이다. 아이에게 위험할 법한 물건이나 장소는 미리미리 차단하고, 그로부터 보호해주는 건 부모의 중요한 책무다. 문제는 아이가 인지능력이 생겼을 때다. 가령 아이들의 손이 닿는 곳에 위험하거나, 망가지기 쉬운 물건을 두고, "만지면 안 돼!" 하는데 이것은 큰 실수다. 아이들은 알면서도 한다. 하지 않을 거라는 생각은 부모의 착각이다. "이거 만지지 말랬지?" 하고 화를 내는 것도 문제다. 화를 낼 상황을 만든 건 순전히 부모다.

채소밭에서 온 가족이 다 함께 일할 때였다. 아이들은 아장아장 다가와 딸기나 고추를 따보겠다고 덤비지만 막상 일을 시작하면 몇 분도 견디지 못한다. 일하다가 잠시 고개를 들어보면

샘에서 물장구를 치거나 돌담벼락을 오르고 있기 일쑤다. 아이들 뒤꽁무니를 쫓아다니기 바빠 정말이지 일을 할 수가 없을 정도다. 아이들이 조금 자라 위험에 대한 인지력이 생겼을 때도 마찬가지였다.

"거기 암벽을 오르지 마. 오르다 떨어지면 '아야!' 하고 크게 다쳐. 알았지?"

하지만 말이 떨어지기 무섭게 아이들은 어느새 돌을 기어오르고 있었다.

"아야 한다고, 내려와."

하지 말라고 아무리 말려도 아이들은 한사코 오르고, 나는 바락바락 소리를 지르며 아이들을 걱정했다.

"여보, 아이에게 하지 말라고 하지 말고, 할 수 있게 만들어주자."

남편이 이런 제안을 했을 때 나는 또 한 번 머리가 띵했다. 아이가 모험을 할 시기라면 맘껏 모험을 하게 해줘야 한다는 것, 그런 환경을 만들어줘야 했다. 아이를 낳은 건 나지만, 걷고 배우며 체험하는 모든 것은 아이들 몫이라는 것! 이후 우리는 채소밭에 갈 때면 운동화와 안전모를 챙긴다. 설령 아이들이 돌담 위를 오르다 떨어지더라도 크게 다치지 않도록 지켜줄 튼튼한 안전모다. 안전모를 씌워주자 아이들은 더 신이 나서 참았던 모험심을 맘껏 발휘했다.

초보 엄마, 아빠는 이렇게 시행착오를 거치며 아이들이 스스로 체험하게 만드는 법을 배운다. 내 품에서 안전하기보다는 스스로 겪으며 커가길 바라는 마음이다. 나중에 이 아이들이 커서 독립할 때의 마음도 비슷할 것 같다.

"아이들아, 마음껏 세상을 보고 가슴 뛰는 열정으로 모험을 떠나렴."

자신감 넘치는
아이의 취미 거들어주기

어느 날 아이의 주머니가 묵직해 살펴보니 돌멩이가 가득 들어 있었다. 주변에서 흔히 볼 수 있고 아이 손에 쏙 들어갈 만큼 앙증맞은 돌이었다.

'아니, 이렇게 쓸데없는 돌멩이를 왜 이렇게 많이 주워왔지? 옷도 망가지고, 더럽고, 잘못하면 다칠 수도 있는데. 얼른 갖다 버리라고 해야겠다!'라고 생각하다가 곧 아이가 왜 돌멩이를 수북하게 주웠는지 궁금해졌다.

"산드라, 왜 주머니에 이렇게 많은 돌멩이를 넣어뒀어?"

그러자 딸아이는 신나는 표정이 되어 설명을 시작했다.

"엄마! 이건 그냥 돌멩이가 아니라, 미네랄이라는 거예요."

순간 웃음이 터지려는 것을 꾹 참았다. 하지만 아이의 눈빛은
진지했다.

"이것 보세요. 이 돌멩이는 햇살에 비추면 이렇게 반짝반짝
빛나요. 이 돌멩이 안에 금이 들었기 때문이에요. 그리고 이 돌
멩이는 끝을 잘 봐야 해요. 이 안에는 작은 수정들이 모여 있어
요. 보세요. 수정이 작게 자라고 있지요? 그리고 이 돌멩이는 그
냥 돌멩이가 아니라 화석이라는 거예요. 보세요! 달팽이 모양의
흔적이 있지요?"

아이의 설명을 듣다가 너무 놀라 입이 다물어지지 않았다. 대
체 어디서 이런 것들을 배운 걸까? 학교에서 배운 지식을 허투
루 넘기지 않고 주변에 널려 있는 돌멩이들을 자세히 관찰하며
이론을 실전에 적용하고 있었던 게 분명하다.

"우와! 이런 것들을 네가 발견한 거야? 그럼 우리 이렇게 하
자. 돌멩이를 주머니에서 꺼내 특별한 돌멩이 상자에 넣어두자.
네가 발견한 거니까 '산드라가 발견한 미네랄'이라고 적고 다른
사람에게 보여주자!"

아이는 신이 나서 상자를 찾느라 분주하고 곁에서 지켜보던
남편은 미네랄 백과사전을 가져와서 이야기를 풀어놓는다. 지

194

금도 누군가 집에 올 때면 "미네랄 본 적 있어?"라며 상자를 가져오는 아이다. 자칫 무심코 지나칠 뻔했던 일인데, 아이의 작은 관심을 외면하지 않은 것 같아 뿌듯하다. 아이들의 생각은 늘 우리를 초월한다. 생각의 줄기가 어디선가 무한히 솟아나는 것만 같다. 이것이 단번에 잘릴지, 푸르게 자랄지는 부모의 작은 말 하나, 태도 하나에 결정되기도 한다.

마음에서 우러나오는
아이의 애정 표현 살펴보기

얼마 전 내가 허리를 삐끗하는 바람에 온 가족이 침술원에 갔던 적이 있다. 아이들을 맡길 데가 없으니 온 가족이 소풍을 가듯 행차할 수밖에. 대기실에서 나란히 앉아 순번을 기다리다가 치료를 받고 나오는 할머니 한 분과 인사를 나누게 되었다. 할머니는 유독 아이들에게 눈을 떼지 못하고 예쁘다며 볼과 머리를 어루만지셨다. 그런데 세 자매는 뚱한 표정으로 할머니의 손길을 거부했다. 나는 이내 마음이 불편해져 "얘들아, 할머니 말씀에 귀 기울여야지!" 하고 나무랐다. 그때 할머니가 손사래를 치며 말했다.

우리 가족,
숲에서 살기로 했습니다

"그러지 말아요. 아이들에게 강요하지 말아요. 나는 원래 아이가 없어서 아이를 다루는 데 서툴러요. 허락도 없이 예쁘다고 만지는 내가 이상한 사람이지. 원래 아이들이 나를 좀 어려워해요. 모든 게 시간이 필요할 뿐, 아이가 웃지 않는다고 그게 잘못은 아니잖아요. 아이가 먼저 나서서 다가가는 그 시기를 잘 봐 둬요. 저 사람이 마음에 든다는 뜻이니까. 그것이 정상이란 말이죠. 먼저 하라고 절대로 강요하지 말아요."

할머니의 한마디가 얼마나 큰 깨우침을 줬는지 모른다. 허리 고치러 갔다가 생각지도 못한 공부를 한 날이다. 늘 겉으로 보이는 예절에 익숙해져 있던 나는 아이들의 입장이 아니라 내 입장에서 말하고 있었다. 그동안 나는 아이가 스스로 마음을 열고 자신의 감정을 표현하기도 전에 얼마나 엉뚱한 소리를 많이 했던가.

"아저씨께 다가가 인사해야지!"

"저 아줌마를 크게 팔 벌려 안아줘야지!"

"저 이모한테 뽀뽀해줘!"

"친구랑 손잡고 같이 가야지!"

분명 아이도 자신의 감정과 기분이 있을 텐데 그것을 엄마가 결정해 강제로 시켰으니 아이 스스로 느끼고 행동하는 자유를 구속한 셈이다. 물론 스페인은 스킨십의 나라라고 해도 무방할

만큼 애정 표현이 많다. 우리 부부도 아이들에게 크고 격렬한, 끝없는 애정 표현을 한다. 하지만 어른들이 해주는 애정 표현보다 아이들이 스스로 생각하고 실행하는 스킨십이 (타인을 안아주고, 뽀뽀하고, 손잡아주는 등) 더 큰 자신감과 신뢰감을 형성한다고 한다. 그러고 보면 아이의 자발적인 스킨십은 아이 스스로 관계를 만드는 사회적인 행위인 셈이다.

할머니의 이야기를 들은 이후 우리는 낯선 사람을 대할 때 아이들에게 무엇을 하라고 강요하지 않는다. 웃어줘야지, 손 흔들어줘야지, 안아줘야지 등의 말을 일절 하지 않는다. 아이가 스스로 호감, 비호감을 결정한 뒤 자신의 감정에 따라 행동할 때까지 기다린다. 실제로 아이들은 짧은 시간 내에 어떤 사람이 자신에게 호의적인지 아닌지를 정확히 구별해낸다.

엄마와 아빠는 동등한 사람이야

가끔 아이들의 학교에 갈 일이 있을 때면 우리 부부는 언제나 함께 참여한다. 학부모 모임도 웬만하면 빠지지 않고 참석한다. 한번은 학부모 모임이 있어 갔더니 웬일인지 엄마들이 거의 다였다. 여자들 사이에 남편 혼자 덩그러니 앉아 있는 모습이 생소했다. 스페인도 교육에는 엄마들이 아빠보다 더 많은 역할을 하는데, 농촌인 이곳 비스타베야는 상황이 더 심각해 보였다. 아빠들은 축제 외에 학교에 오는 경우가 거의 없었다.

남편은 마을에서도 좀 이상한 남자 취급을 받는다. 가끔 남자들이 술 한잔하자고 권할 때가 있는데 그럴 때마다 집에 가서 저녁을 준비해야 한다며 거절하기 때문이다. 모르긴 몰라도 이 마을 남자들은 이런 반응에 충격 꽤나 받았을 것이다. 요즘은 스페인에서도 가사와 육아를 부부가 공동 분담하는 추세가 일반적이지만 이 시골은 아직도 멀었다.

남편은 뼛속까지 남녀평등이 배어 있는 사람이다. 그게 아이들 교육에 고스란히 녹아든다. 여자는 가사를, 남자는 바깥일을 한다는 개념 자체를 매우 싫어한다. 그래서 우리 부부는 점심은 내가 하고, 저녁은 남편이 준비한다. 아무래도 아이들 입맛을 잘 맞추는 나와 달리 아빠의 터프한 요리는 인기가 별로 없다. 하지만 나는 이 모든 과정이 아이들에게 중요한 교육이라고 확신한다. 교육의 효과는 바로바로 나타난다.

어느 날 동요를 듣던 산드라가 머뭇거리며 질문을 던졌다.

'내가 커서 아빠처럼 어른이 되면 우리 집은 내 손으로 지을 거예요. 내가 커서 엄마처럼 어른이 되면 우리 집은 내 손으로 꾸밀 거예요.'

"엄마, 이 노래에서는 왜 엄마 아빠가 따로 일해요?"

처음에는 무슨 소리인가 했는데 곰곰 생각해보니 아이가 질문하는 요지가 무엇인지 감이 잡혔다. 남편은 평소에도 습관처럼 이런 말을 아이들에게 들려주곤 했다.

"이 벽은 엄마가 돌을 날라 회반죽으로 튼튼하게 만든 벽이고, 이 벽은 아빠가 한 벽이야. 엄마 벽이 아주 튼튼하지? 그래서 조심해야 해. 실수로 머리라도 박으면 엄청 아프거든. 아빠가 만든 벽은 엄마 것보다 튼튼하지 않아."

아이들에게는 이 집은 아빠가 짓고 엄마가 꾸민 집이 아니다. 두 사람이 공동으로 만든 집이니, 동요의 노랫말이 이상하게 들린 것이 당연하다. 과거에 비해 월등히 좋아졌다고는 하지만 아직도 곳곳엔 남녀 불평등이 만연하다. 우리 부부는 훗날 아이들이 여자라는 이유로 부당한 대접을 받는 걸 원치 않는다. 그리고 남편의 이런 자세는 훗날 아이들이 당당한 여자로 살아가게 하는 원동력이 되리라 생각한다.

세 아이에게 사랑은 골고루

쌍둥이를 임신했다는 이야기를 들었을 때 솔직히 걱정을 좀

했다. 큰딸 산드라에게 소홀해지는 게 아닐까, 깨물어 안 아픈 손가락이 없다 했지만 실제로 더 예쁘고 덜 사랑스러운 아이가 생기면 어쩌지 하는 초보 엄마의 근심이었다. 하지만 막상 쌍둥이를 낳아 보니 정말 터무니없는 걱정을 했다는 생각이 든다. 사랑이 줄기는커녕 이상하리만큼 부풀어 올라, 세 아이를 똑같이 넘치게 사랑해주고도 남을 만큼 사랑으로 가득 찬 삶을 살고 있다. 우리 부부는 세 아이가 한쪽으로 치우친다고 느끼지 않도록 작은 일에도 신경을 쓰는 편이다. 특히 물건을 놓고 다투는 일이 없도록 늘 공평하게 나눈다. 우산을 사왔을 때의 일이다. 남편은 세 우산을 돌돌 말아 모양을 가리고 색깔만 보이게 한 뒤 아이들이 직접 고르도록 했다.

"난 초록, 난 분홍, 난 빨강."

아이들은 좋아하는 색깔을 찾아 서로 합의하여 우산을 골랐고 당연히 다투는 일도 없었다. 아이들이 크면 사랑을 표현할 기회가 줄어든다고 한다. 아이들은 어릴 적 부모에게 줄 수 있는 행복을 다 준다는 말도 들었다. 아직도 마냥 어리고 너무나 사랑스러운 세 아이에게 나는 마음껏 사랑을 표현할 작정이다.

성교육은 어릴 때부터 자연스럽게

나는 어릴 때부터 성(性)에 대해 다분히 폐쇄적인 교육을 받았다. 그래서 스페인에 와 온 가족이 함께 나체로 수영을 하는 모습에 충격을 받았다. 지금 생각해보면 한국에서는 신체에 대한 자연스러운 대화를 왜 그토록 금기시하고 숨기기에만 급급했는지 모르겠다. 어쩌면 그런 문화가 어른이 되어서도 건전한 성 관련 대화를 꺼리고, 음지에서 성을 탐하는 문화를 만들어낸 게 아닌가 생각한다.

우리 부부의 교육은 모든 기준을 자연스러움에 둔다. 성교육도 예외는 아니다. 아이를 키우다 보면 아이가 자연스럽게 자신의 몸을 궁금해하는 시기가 온다.

"나는 쉬를 이곳에서 하는데, 기엠(산드라의 사촌 남자 동생)은 다른 곳으로 하던데요?"

"엄마, 오늘 네로(우리 집 수컷 고양이) 엉덩이를 보니까 뒤에 방울이 두 개 달렸어요. 그게 뭐예요?"

아이의 발견이 헛되지 않도록 나는 이 순간을 이용해 성별의 차이를 설명해준다. 만약 내가 어렸을 때 어른들에게 이런 질문을 했다면, 꿀밤을 한 대 맞았겠지만 나는 아이의 궁금증을 속 시원히 풀어줄 의무가 있다. 부끄러워할 필요 없이 자연스럽게 성교육을 할 수 있는 절호의 기회다.

"이것은 고환이라는 거야. 남자들에게 이런 고환이 있는데, 이곳에서 씨가 만들어져. 그 씨가 엄마 알에 들어가면 아기들이 태어나는 거야. 우리 집 블랑키타(암고양이)도 네로가 씨를 심어 놔서 새끼 고양이가 태어난 거야. 그리고 아빠가 엄마 알에 심어놓은 씨가 바로 너희들이야."

아이는 눈을 동그랗게 뜨고 묻는다.

"그럼 아빠도 네로처럼 고환이 달려 있는 거예요?"

"그렇지!"

"그곳의 씨는 한국말로 하면 정자야. 엄마의 알은 난자라고 해. 정자가 난자를 향해 막 달려오는데 1등으로 들어간 알만 태어나는 영광을 누려. 누리와 사라도 달리기를 잘해서 1등으로 도착한 덕에 엄마가 만든 알 두 개에 들어가 있다 나온 거야."

이런 식이다. 정확한 용어나 원리까지 알려주긴 이르지만 아이의 순수한 궁금증을 해소해주면서 자연스런 성교육도 된다. 더불어 성이 혐오감을 일으키는 것이 아니라 아름다운 것임을 알려주려고 노력한다. 자기 몸을 알아가고 탐구하는 과정은 아름다운 일이기 때문이다.

"엄마 아빠는 너무너무 사랑해서 밤마다 서로 껴안고 사랑을 나눠. 그렇게 너희들이 태어난 거야. 그러니까 너희들은 엄마 아빠가 서로 사랑한다는 증거이기도 해."

성추행이나 성폭행 예방에 대해서도 자연스러운 교육이 필요하다고 생각한다. 그래서 나는 어른들이 할 수 있는 성추행 행위나 방법을 이야기해준다. 성추행 예방에 관한 책을 반복해서 읽어주기도 하고 애니메이션 영상을 보여주면서 스스로 대처하는 능력을 키우도록 돕는다. 만에 하나 이런 상황을 맞닥뜨렸을 때에는 부끄러운 일이 아니니 꼭 어른들에게 얘기해야 한다는 것도 강조한다.

비 오는 날
아빠가 가져온
죽은 새

　　　　천둥번개를 동반한 비가 엄청나게 내리던 어느 날
이었다. 다락방 창문으로 내다보이는 평야에는 방대한 빗물이
흘러 마치 강처럼 보이고, 지붕에는 양동이로 물을 들이붓는 듯
했다. 거친 빗물에 나뭇잎도 떨어져 나갔다. 아이들은 무서워
다락방에 올라가 이불을 뒤집어쓰고 있었다. '우르르 쾅!' 하는
소리에 까르르 웃기도 하고, '번쩍' 하고 빛나는 번개에 두 눈을
동그랗게 뜨기도 했다.

　"아! 비가 엄청나게 내리는구나. 아빠는 괜찮을까?"

　걱정이 되어 혼잣말이 절로 나왔다. 아이들은 그저 비 오는
것이 신나는지, 창밖을 보면서 홍수처럼 쏟아지는 비를 구경했
다. 아침에 채소밭에 갔다 온다던 산똘이 한참 지나 나타났다.
그는 손에 무엇인가를 감싼 파란 수건을 들고 다급히 들어왔다.

　"오다가 도로변에서 죽은 새를 발견했어!"

　아이들은 "불쌍해!" 소리치면서 아빠 곁으로 모여 파란 수건
속에 누인 새를 바라보았다.

　"내가 처음 봤을 때는 살아 있었는데, 오면서 죽었나봐."

"아빠, 왜 죽었는데요?"

"그건 잘 모르겠는데, 비가 갑자기 심하게 내리니까 앞을 못 보고 장애물에 부딪혀서 죽은 것 같아. 지나가는 차에 부딪혔을지도 몰라. 아니면 날다가 벼락에 맞았을 수도 있고."

"정말 불쌍하다. 그런데 왜 가져왔어요?"

일부러 죽은 새를 가져오다니 의문이 들었지만 평소 남편의 철학을 신뢰하기에 뭐라 말은 덧붙이지 않았다. 남편은 아이들에게 이렇게 말했다.

"이때가 아니면 언제 우리가 진짜 새를 관찰할 수 있겠어?"

우리는 '죽음'이라는 단어에서 아주 멀리 떨어진 듯한 현재를 살고 있다. 하지만 사실 우리가 가장 익숙해야 하고, 가장 타당하게 받아들여야 하는 것이 죽음이 아닐까. 실제로 티베트 사람들은 언제나 '죽음'을 생각하면서 순간을 살아간다고 한다. 죽음 저편의 세상은 어떨까? 그런 생각을 하다 보면 현재의 삶을 더 충실히 살 수도 있다고들 하지 않는가. 아이들은 평소 생각해보지 않았던 '죽음'이라는 관념을 이 아름다운 새를 통해 생각해보는 시간을 가졌다. 우리가 얼마나 죽음과 가까이 있는지 배우는 계기가 되지 않았을까. 우리 가족은 이런 자연의 현상을 가까이 하며 죽음이라는 생(生)의 한 부분을 자연히 터득해가고 있다.

현대 사회는 세금, 전기, 수도 등 자잘한 일상적 가계 경제나 시청해야 할 TV 프로그램 목록, 요즘 핫한 맛집 정보, 공연 현황, 여행 정보 등 쉴 새 없이 다양한 정보를 준다. 그런 정보의 홍수 속에 살면서도 생(生)과 사(死)에 대해서는 정보가 없다. 죽음은 영화 속이나, 먼 나라의 테러 사건, 비행기 사고 등의 우연한 무엇으로, '나와 관계없는' 어떤 누군가의 죽음으로만 치부된다. 인간은 '나고 자라고 죽는 존재'이지만 평생 영원을 살 것처럼 행동하며 이생을 보낸다.

하지만 자연 안에 긴밀하게 속해 있다 보면 아무리 내가 관심이 없다 해도 언제나 '죽음'을 보게 된다. 집 고양이의 죽음, 여우가 몰래 찾아와 물어뜯은 칠면조, 갓 태어나 처마에서 떨어져 죽은 새, 암탉이 쪼아대버린 어린 뱀, 고양이가 사냥해온 도마뱀과 생쥐 등등. 우리는 일상적으로 이런 동물들의 죽음을 본다. 도시에서 느끼지 못하는 자연의 이치를, 언젠가는 우리도 죽어서 자연의 일부가 된다는 사실을 일상에서 수시로 깨닫는다. 우리 부부는 아이들이 죽은 동물을 두려워하지 않도록 가르치고 싶다.

"죽음이란 자연스러운 거야."

지난번에는 죽은 생쥐를 한참 동안 연구하기도 했다. 도시라면 평소 동물을 관찰할 일이 적은데 자연에서는 이런 기회에 자세히 관찰하고, 몸체를 구성하는 요소와 특징을 살펴볼 수 있으니 나름대로 자연 교육이 된다.

"우리가 이 동물을 제대로 관찰할 수 있는 기회가 생긴 거야. 이 새는 참 예쁜 녹색, 노란색 깃털을 가지고 있네."

아빠의 말이 끝나기가 무섭게 아이들은 왕성한 호기심을 보이며 흥분을 감추지 못했다.

"만져봐도 돼요?"

무서워하기는커녕 서로 만져보고 관찰하겠다니 저 어린 세 딸은 무슨 생각일까?

"이 새는 긴 부리와 짧은 다리를 가지고 있어. 다리가 짧은 이유는 장거리를 이동해야 하는 철새이기 때문이야. 땅에 자주 내려와 앉지 못하고 오래 날아야 하니까."

아이들은 고개를 끄덕이며 아빠의 설명을 경청한다.

"이 새 이름이 뭔지 알아?"

"몰라요."

"이 새는 아베하루코(Abejaruco, Merops Apiaster, 유럽벌잡이새)라는 새야. 이 새는 벌을 잡아먹어. 특히 말벌을 잘 잡아먹어서 이름에 벌잡이새가 붙은 거란다. 그래서 부리도 길지."

"날개를 펼쳐보자. 참 길고 예쁘지?"

남편은 아주 능숙한 손놀림으로 죽은 새의 날개를 펼쳤다. 길이가 25센티미터도 넘는 것 같았다. 우리는 남편 덕분에 새를 직접 보고 관찰하는 흥미로운 시간을 가졌다. 부리는 검고, 깃털은 초록색에서 노란색, 불그스름한 색까지 참 아름다운 유럽벌잡이새, 남부 유럽, 북아프리카, 서아시아에서 서식하는 반철새라고 하는데 어쩌다 여기에서 폭우를 만나 죽어버리고 말았을까? 자연은 인간뿐 아니라 동물에게도 두려운 존재다.

남편이 죽은 동물을 그냥 두지 않고 매번 집으로 가져온다. 그래야 아이들이 자연스럽게 자연의 일부를 배울 수 있다고 생각하기 때문이다. 어찌 보면 섬뜩하기도 한 교육 방법이지만, 달리 생각하면 자연 안에서 살기에 가능한 혜택이 아닌가 싶다. 비오는 날, 우리 가족은 자연의 일부로서, 생태계의 구성원으로서 생과 사를 배우는 기회를 얻는다.

Vistabella

고산 가족의
자급자족 행복 일기

우리 동네
부업 대장

남편은 늘 "현재가 중요해."를 입에 달고 사는 사람이지만 한편으로는 미래를 준비하는 데도 철두철미하다. 특히 뭔가를 배우고 끊임없이 시도하는 학구열은 남다른 데가 있다. 남편의 이런 모습은 내게 새로운 세상을 보여주는 창이자 배움터가 된다. 가령 대학에서 산업디자인을 전공하고 잘나가던 디자이너였던 그가 3년 동안 산림학을 공부해 화재감시원으로 일했다는 사실이 그렇다. 이후에도 그의 부업 및 공부 행진은 끝이 없었다. 몇 가지만 살펴보자.

양봉업자

양봉을 직접 배워 꿀을 채취해 먹겠다던 남편은 양봉 공부를 조금씩 하더니 어느새 필요한 옷과 장비까지 갖춘 그럴듯한 양봉업자가 되었다. 덕분에 우리 가족은 1년에 5리터가 넘는 천연 꿀을 채취해 이웃들과 나눠 먹는 호사를 누린다.

말 조련사

한때 '자피로'라는 말을 키웠던 남편은 지금도 이웃의 말 농장에서 도움을 요청하면 바로 출동한다. 말 농장 주인과 모종의 거래를 했는지, 남편은 바쁠 때 일손을 제공하고 필요할 때마다 농장주의 승합차를 얻어 썼다.

구조대원

고산에서 사고당할 경우를 대비해 남편은 사륜구동 자동차 코스 자격증, 응급차 자격증까지 따뒀다. 마을 사람 누구라도 아프면 남편은 응급차를 몰고 병원으로 돌진할 준비를 한다.

포스터 디자이너

대학에서 디자인을 전공한 남편은 왕년의 실력을 살려 간단한 포스터나 마을의 크고 작은 행사 팸플릿을 제작한다. 자원봉사이기에 대가는 받지 않는다.

인터넷 설치 기사

남편은 도시에 사는 전문가를 1년 반이나 쫓아다니며 인터넷 설치 기술을 배웠다. 덕분에 전기가 공급되지 않는 우리 마을에 인터넷을 개통하는 쾌거를 이뤘다.

목수

남편은 눈썰미와 손재주가 남다르다. 마을 사람들이 부탁하면 직접 가구를 만들기도 하고 타일공으로 돌변하기도 한다. 예전에 취미로 하던 일을 요즘은 부업으로 한다.

청소부

급기야 청소 부업까지 한 남편. 그의 일터인 자연공원 홍보관의 청소 아주머니가 휴가를 간 틈을 타 임시 청소부를 자처했다고 한다. 내심 '우리 집 사정이 많이 안 좋나?' 하고 걱정했지만 남편은 일 끝나고 잠시 짬을 내 일도 하고, 돈도 벌 수 있다며 좋아했다.

수제 맥주 제조업자

만약 한국에 가면 장사나 해볼까 싶어 시작한 수제 맥주 만들기. 몇 번 하다 말 줄 알았는데 점점 전문가 포스를 띠더니, 급기야 수제 맥주 대회에서 최우수상을 거머쥐고 유러피언 맥주 대회 정식 심사관으로 활동하기까지 했다.

이렇게 다양한 재주와 부업을 가진 남편. 앞으로 우리 아이들 먹이고 키울 걱정은 안 해도 되는 것일까?

스페인 남자의
고사리 사랑

겨울이 유난히 혹독한 이곳은 봄도 더디게 온다. 그래서 더욱 간절한 마음으로 봄을 기다리게 된다. 추위가 물러가고 햇살이 조금씩 따스해지던 어느 날, 들에서 불어오는 향기로운 꽃향기에 어디로든 밖에 나가고 싶어 몸이 근질근질했다. 하지만 내 마음을 아는지 모르는지 산똘은 채소밭 걱정만 하고 있었다.

"산들, 어서 잡초를 뽑고 씨를 뿌리자."

하지만 현기증이 날 만큼 아름다운 햇살 아래서는 아무것도 하고 싶지 않은 날도 있는 법. 나는 딴청을 부리며 봄날의 나른함을 만끽했다. 할 수 없이 혼자서 일을 나간 남편은 오후가 되자 이상한 보따리 하나를 들고 나타났다.

"이것 좀 봐, 이것 보라고!"

남편의 흥분에 찬 목소리에 놀라 눈을 휘둥그레 뜨고 달려 나갔다. 그는 내 눈앞에 신문지로 감싼 무언가를 보물단지 풀 듯 사뿐히 내려놓았다. 푹푹 찌는 열기까지 함께 담은 듯 후끈한 신문지 안에서 내 손가락 굵기만큼이나 굵다란 고사리 묶음이

218

몸통을 축 늘어뜨린 채 모습을 드러냈다. 일부러 키를 맞춘 듯 가지런하게 정렬된 고사리를 보자, 곱게 정리했을 남편의 모습이 떠올라 웃음이 터졌다.

"이건 고사리잖아. 이곳에 고사리가 있었어?"

산골에 살면 고사리 정도는 흔하게 볼 수 있을 거라고 생각하기 쉽지만 이곳 비스타베야에서 고사리는 흔치 않다. 고사리는 보통 한국처럼 산성이 강한 곳에서 서식한다. 그런데 이곳 토양은 강한 알칼리성이다. 고사리가 서식하기에는 전혀 맞지 않는 셈이다.

남편의 고사리 사랑은 원래부터 유별났다. 언젠가 한국에 갔을 때 고사리 무침을 한번 먹어본 후 그 맛에 흠뻑 반해서 이후 한국에서 이것저것 보내준다 하면 꼭 고사리를 넣어달라고 특별 당부할 만큼 고사리를 좋아했다. 남편의 고사리 사랑은 거기에서 끝나지 않았다. 남편은 분명 스페인 어딘가에도 고사리가 자랄 거라며 정보를 찾아다녔다. 실제로 고사리를 찾아 삼만 리를 헤맸고, 눈앞에 있지도 않은 고사리의 독성을 없애는 방법이나 고사리 말리는 법을 공부해 터득할 정도였다. 그런 남편이 이곳에서 고사리를 발견했다고 하니, 이건 마치 신대륙을 발견한 것처럼 대단한 사건임에 분명했다.

남편은 마치 비밀이 새어나갈까 조심하듯 귓속말을 했다.

"놀라지 마. 내가 고사리 서식지를 발견했어. 지금 당장 고사리를 따러 가자."

지나가던 바람이라도 따라나서고 싶었던 나는 냉큼 좋다며 따라나섰다. 고사리 덕에 봄날 오후 오붓한 데이트를 즐길 수 있게 되어 좋았다.

남편의 사륜구동차를 몰고 우리는 페냐골로사 산으로 향했다. 흙길을 따라 터덜터덜 올라가던 차는 별안간 길 중간에서 멈추었다. 더 이상 차로 갈 수 없는 구간을 만난 것이다.

"차도 다닐 수 없는 곳까지 다녀온 거였어?"

낭만적인 드라이브를 기대했던 나는 눈앞에 펼쳐진 광경에 실망했다. 차는커녕 사람이 걸어가기에도 힘든 험한 풀숲이 앞을 가로막고 있었다.

"불평하지 마. 조금만 더 걸어가보자."

남편이 얼마나 고사리를 좋아하는지 아는 나는 성가신 마음을 달래며 남편이 이끄는 곳으로 따라 걸었다. 하지만 몇 걸음 못 가 억세고 따가운 풀들에 옷자락이 찢기자 또다시 불만이 터져 나왔다.

"도대체 언제까지 가야 하는 거야? 온몸이 너무 따갑잖아!"

남편이 움찔하는 모습을 보니 뭔가 잘못된 것 같은 불안감이 커졌다.

220

"설마 여기까지 왔는데 길을 잃은 거야?"

"그러게. 잘 기억이 나지 않네. 분명 이쯤이라고 생각했는데 왜 안 보이지?"

남편의 눈은 다급하게 숲속 여기저기를 훑고 있었다. 순간 나는 헛웃음이 터졌다. 고사리의 존재도 잘 알려져 있지 않은 스페인에서, 스페인 남자가 고사리를 찾아 깊은 숲속을 헤매고 있다는 사실 자체가 비현실적이었다.

스페인에 고사리가 아예 없는 건 아니다. 다만 이곳 사람들은 고사리를 무척 꺼린다고 한다. 예컨대 우리 마을의 마누엘 할아버지가 근처 숲에 소를 풀어놓고 키웠는데, 어느 날 소가 죽어 있더라. 알고 봤더니 소가 고사리를 먹은 거였다. 고사리는 독이 많아 동물을 해치기도 한다. 하물며 그걸 사람이 먹을 수는 없다는 식의 이야기였다. 상황이 이러니 만약 마을 사람들이 고사리를 찾아 헤매는 우리 부부를 봤다면 영락없이 미친 부부로 여겼을 것이다.

그럼 그렇지, 이런 산중에 웬 고사리. 남편을 잘 달래서 빨리 산을 내려가야겠다고 생각한 순간, 그가 큰 바위를 가리키며 외쳤다.

"찾았어, 산들! 이 바위를 올라 왼쪽으로 가면 고사리 천국이 나와!"

"정말?"

반신반의하며 남편을 따라가자 알칼리성 토양에서 주로 자라는 붉은 소나무 숲이 나왔다. 그리고 숲을 지나자 이상하게도 생김새가 다른 소나무 숲이 펼쳐졌다. 거의 검은색 표면을 가진 소나무로 습한 기후 때문인지 소나무를 타고 덩굴이 올라가고 있었다. 이곳에서는 좀처럼 보기 힘든 광경이었다. 설마 이런 곳에 고사리가?

잠시 후 남편이 가리키는 곳을 보자 놀랍게도 야자수 잎만큼이나 거대한 고사리 잎이 빛나고 있었다. 눈으로 보고도 믿기지 않는 풍경이었다. 이런 곳에 고사리 숲이 있다니! 게다가 믿을 수 없을 만큼 큰 고사리 군락지였다.

"세상에. 난 고작 몇 개의 고사리를 생각했는데 이건 완전 고사리 집단 서식지인데?"

스페인 고사리는 한국 고사리와 다르다. 마치 영화 속에서나 나올 법한, 엄청나게 큰 이파리를 갖고 있다. 어린 고사리도 엄지 손가락만한 굵기를 자랑한다. 언뜻 보면 먹을 수 없는 거대한 고대 식물처럼 보인다.

"우와! 그런데 이렇게 큰 고사리를 과연 먹을 수 있을까? 식용이 아닐지도 몰라. 진짜 독이 있으면 어떡해?"

남편은 나의 걱정에는 아랑곳하지 않고 순식간에 고사리의 거대한 잎 사이로 사라져버렸다. 엎어진 김에 쉬어간다고 봄바람이 잔뜩 든 나도 '꽃보다 나물'을 외치며 오후 햇살 속에서 고사리 채취에 빠져들었다. 남편은 가득 쌓인 고사리를 보물 다루듯 차곡차곡 신문지로 싸서 가방에 넣었다. 이날 우리는 저무는 저녁노을을 보며 나란히 손을 잡고 소나무 숲을 빠져나왔다. 기우는 햇살에 길게 드리운 부부의 그림자가 멀리 평야에 닿을 듯 늘어진 행복한 오후였다.

다음 날부터 열심히 고사리 말리기 작업에 몰두했다. 고사리를 페냐골로사 산자락에서 발견한 기념으로 잘 말려 겨울 반찬으로 먹기로 했다. 신기하게 이 고사리는 여러 번 물을 갈면서 삶아야 쓴맛이 사라지고, 푹 삶으면 풀어져 꼭 삶은 닭고기처럼 찢어졌다. 한국처럼 쫀득하면서도 맛있는 고사리는 아니었지만, 고사리가 전혀 없는 이곳에서는 진수성찬이 아닐 수 없었다. 이제는 따뜻한 봄 햇살이 비추는 날이면, 마음이 고사리를 향해 살랑거린다. 역시 사람은 자연을 따라 적응하는 능력이 뛰어나다.

스페인 남자를
아세요?

한국인이 생각하는 스페인 남자의 이미지는 몇 가지로 압축된다. '정열적이고, 여자를 잘 유혹하며, 바람기가 많고, 가슴에 털이 많고, 마초적인 남자.' 어쩌다 이런 오해가 생겼는지 모르겠지만 내가 아는 스페인 남자는 이렇다.

스페인에서는 마초라고 부르면 큰일난다

마초(Macho)는 이제 전 세계가 사용하는 스페인어 중 하나다. 일명 '동물의 수컷'을 뜻하는데 황소처럼 힘이 센 남자, 정열적이고 정력 좋은 남자를 뜻한다. 하지만 스페인에서는 마초를 탐탁지 않게 여기는 분위기다. 실제로 스페인에서 마초주의란 '여성을 죽인다'는 의미로 청소년들에게 교육된다. 또한 여성을 비하하는 의미가 내포되어 '남성우월주의자'를 뜻하기도 한다. 만약 스페인 남자가 "난 이베리아 마초야."라고 으스댄다면 경계해야 한다. 한편 한국 남자가 스페인 여자에게 "난 한국의 마초야."라고 한다면 그녀에게 결코 좋은 인상을 줄 수 없다.

스페인 남자는 정열적이다?

보통 플라멩코, 투우로 연상되는 스페인 남부 남자들은 다소 열정적이라는 표현이 맞다. 하지만 북쪽 남자들은 완전히 다르다. 그들의 연애 방식은 열정은커녕 냉정에 가깝다.

까딸루냐 남자들은 더하다. 이들은 남부 사람들과 확연히 달라 "우리 지금부터 사귀는 거다."라거나 "결혼은 언제쯤 할까?" 등의 확인을 좋아하지 않는다. 그래서 스페인 남자와 연애하는 사람들은 처음에 좀 혼란을 겪는다. 그들이 원하는 연애는 소속감, 집착과는 거리가 먼 사랑법이라고 보면 된다.

스페인 남자는 마마보이다?

스페인 남자는 제아무리 마초라 해도 요리를 즐긴다. 특히 일요일이나 가족 모임 요리는 거의 남자들이 한다. 보수적이라는 표현도 이곳에서는 뉘앙스가 참 다르다. 만약 스페인에서 어떤 남자가 매너를 지키려고 여자의 무겁지도 않은 소지품을 들어주면 "꼴에 남자라는 걸 과시하려고 마초 흉내 내고 있네."라는 말을 들을 수도 있다. 여자를 남자가 보호해야 할 나약한 존재로 보는 시선을 이곳에서는 '보수적'이라고 한다.

스페인 남자들은 가족을 중시한다. 어릴 때부터 부모와 사소한 일까지 상의하고 대화하는 습관을 갖고 있다. 남편도 너무 사소한 것까지 어머니에게 묻고 의지하는 모습을 보였다. 하지만 자신의 주관이 뚜렷하지 않아서라기보다는 어머니나 아내의 의견을 존중하는 문화에서 비롯된 태도였다. 내가 아는 스페인 남자의 가장 큰 특징, 사랑에 집착하지 않으나 한번 진지한 사랑에 빠지게 되면 아주 가정적으로 변한다는 점이다.

동물에게
배우는
자연의 섭리

산드라를 낳은 그해, 우리는 제노바산 흑마 '자피로(Zafiro, 사파이어라는 뜻)'를 처음 만났다. 자피로의 원래 주인은 지속되는 불경기에 부도를 내고 외국으로 도망갔고 버려진 말들은 주인 없이 1년 넘게 방치된 모양이었다. 훗날 이 사업가는 마을로 돌아와 신변을 정리하면서 마을 사람들에게 말을 나누어주었다. 그중 하나가 자피로였다. 물론 우리는 말을 키울 생각도, 자신도 없었다. 하지만 말 주인의 간곡한 부탁에 남편은 거금을 주고 자피로를 데려왔다. 사업하다 망한 사람에게 거저 받기가 미안했던 모양이다.

원래 우리에 갇혀 지냈던 자피로를 들판에 풀어주자 제 세상을 만난 듯 뛰어다녔다. 그리고 가끔 암말들을 보기 위해 하얀 전깃줄 울타리를 훌쩍 넘어 사라져 우리의 애를 태우곤 했다. 이웃 말 농장 주인은 자피로라면 질색을 했다. 순수 혈통인 자신의 말들이 자피로와 교배라도 하게 되면 큰일이라며 은근히 협박까지 해왔다.

"만약 자피로가 우리 말들과 교배를 하면, 절대로 가만두지

228

않을 것이오. 아마 파산까지 각오해야 할 것이오."

그런데 어느 날, 아무리 찾아봐도 자피로가 보이지 않았다.

"여보, 자피로가 보이지 않아."

심장이 멎은 듯했다. 서둘러 자피로를 찾아내지 못한다면, 어떤 결과가 닥칠지 아무도 장담할 수 없었다. 자피로를 찾아 나선 지 얼마 되지 않아 멀리서 엄청난 속도로 들판을 내달리고 있는 자피로를 보았다.

"자피로, 멈춰! 네가 이 농장에 들어가면 우린 끝장이야. 당장 멈춰!"

그러자 녀석은 포효하는 울음과 거센 말발굽 소리를 내며 전속력으로 나를 향해 달려왔다. 순간 머릿속이 하얘지며 온갖 생각이 떠올랐다.

'아, 결국 저 거대한 녀석이 나를 밟고 지나가는 건가?'

흡사 《반지의 제왕》에 나오는 흑마가 저럴까. 엄청난 몸집의 자피로는 거침없이 달려오고 있었다. 자피로가 불과 1미터 앞까지 달려왔을 때쯤 나는 자포자기 심정으로 소리쳤다.

"자피로! 멈춰!"

그때 기적이 일어났다. 녀석이 정말이지 내 코앞에서 딱 멈춰선 것이다. 종이 한 장 간격으로 말이다. 나는 공포와 안도감에 전율했다. '이 발정난 동물도 주인을 알아보는구나, 함께 보낸 세월이 헛되지 않았구나.'라는 생각이 들며 온몸이 부들부들 떨렸다.

"잘했어! 착하지, 자피로!"

징그러워서 지렁이 하나도 만지지 못했던 내가 이곳에서 배운 것이 있다면 바로 동물도 적응하기 나름이라는 것이다. 나는 원래부터 동물을 무서워했다. 도시에서 살던 내게 고산에서 만나는 크고 작은 동물들은 모두 '낯설고 두려운 존재'들이었다. 처음 채소밭에서 지렁이를 발견했을 때도 질겁을 하며 소리를 질렀다. 도마뱀을 보고도, 메뚜기를 보고도 마찬가지였다. 하지만 지금은 두렵지 않다. 함께 어우러져 사는 친구나 다름없다.

아이들이 동물을 대하는 자세를 보면 더욱 놀랍다. 자연 속에서 태어나 자라난 우리 아이들은 동물에 대한 선입견이나 편견이 없다. 뱀을 만나도, 쥐를 만나도 겁을 먹지 않는다. 겁을 먹기는커녕 눈빛을 반짝이며 관찰부터 한다. 아빠의 태도도 아이들에게 큰 영향을 끼쳤다.

하루는 고양이 삼이 쥐를 입에 물고 나타났다. 나는 뒷걸음쳤지만 남편은 삼을 다정하게 쓰다듬어준 뒤 죽은 쥐를 받아서 살펴보았다. 이 모습을 본 아이들이 너도나도 쥐를 보겠다고 모여들었다.

"아! 눈이 똘망똘망한 게 너무 예쁘다. 귀는 쫑긋하니 작고 앙증맞네."

"아휴! 귀여워."

딱딱하게 죽은 쥐를 남편은 아이들 손에 올려주었다. 남편과 아이들은 탄성을 연발하고 있었다.

'아이고, 저 지저분한 쥐를 아이들 손에?'

말도 못하고 애를 태우는 나와 달리 아이들은 자연스럽게 쥐를 대하고 있었다. 동물을 가까이에서 볼 수 있을 때, 최대한 그 기회를 살리자는 게 남편의 교육관이다. 그래서 가끔 차를 몰고 가다가도 갑작스럽게 정지하곤 한다. 차에 치여 도로 위에 쓰러진 동물들을 가까이에서 살펴보려는 것이다. 어떤 때는 둥지에서 떨어진 새를, 어떤 때는 야생 토끼를, 어떤 때는 징그러운 뱀까지 온갖 동물들을 다 관찰한다.

"죽은 동물은 위험하지도 않고, 움직이지도 않으니 동물을 살펴보기에 제일 좋은 대상이야."

"이것 봐, 산드라. 머리 부분이 삼각형에다 뾰족하면 독사일 가능성이 많아. 그리고 무늬가 사다리가 아니고 이렇게 용수철 모양이면 독사일 수도 있어. 그러니까 항상 주의를 살피면서 다녀야 해. 알았지?"

남편은 동물에 대한 경각심이 너무 없는 아이들이 주의할 수 있도록 이렇게 살아 있는 정보를 준다. 어릴 때부터 분별심과 정보를 자연스럽게 심어주려는 것이다.

아이들이 특히 좋아하는 동물이 있다. 양치기 아저씨가 몰고 오는 양 떼 군단과 양치기 개들이다. 멀리서 딸랑딸랑 소리가 나면 사라와 누리는 작은 의자를 들고 양 떼가 지나가는 골목으로 뛰어나간다. 그리고 그곳에서 느긋하게 의자에 앉아 지나가는 양 떼를 구경한다.

"아저씨, 안녕! 새끼 양도 같이 왔어요?"

"그래, 석 달 된 새끼 양이란다. 너처럼 아주 작고 귀엽지."

앉아서 양 떼를 구경하는 아이들을 멀리서 보고 있으면 영락 없이 한 폭의 자연 풍경화를 보는 것 같다. 의자에 앉아 양 떼를 구경하는 아이들의 모습도 사랑스럽고, 아이들 앞에서 풀을 뜯으며 아이들을 관찰하는 아기 양의 모습도 재미있다. 아이들이 동물을 두려워하는 나를 닮지 않아 참 다행이다. 아이들이 자연에서 동물과 자연스럽게 교감하며 자라는 것이 내게는 큰 위안이 된다. 도시의 멋진 영화관이 없어도, 근사한 놀이터가 없어도 누구보다 멋진 감성으로 가득 차 있는 아이들을 볼 때마다, 비스타베야에 오길 참 잘했다는 생각이 든다.

양치기 아저씨
라몬과 양 떼

오랜만에 한국에 사는 친구와 통화를 하는데 양 떼의 방울 소리와 울음소리가 수화기 너머로 넘어간 모양이었다. 친구가 부러움이 가득 담긴 목소리로 말했다.

"얘, 저 푸른 초원 위에 양 떼를 보면서 살 수 있는 네가 무척 부럽다."

"속 모르는 소리 그만해. 너 양들이 얼마나 똥을 많이 싸는 줄 아니? 게다가 한 번 휩쓸고 가면 파리 떼 때문에 살 수가 없어. 나 지금 나가봐야 해. 잘못하면 양들이 화단을 쑥대밭으로 만들어버리거든."

나는 맨발로 부랴부랴 밖으로 향했다. 푸른 초원에 살고 있는 건 맞지만 낭만만 가득한 생활은 아니다. 공기가 신선하고 비가 자주 오는 가을이나 겨울은 좀 낫다. 하지만 사하라 사막에서 불어오는 열풍이 대지를 태우는 여름이면 곤혹도 이런 곤혹이 없다. 양 떼가 지나간 자리는 배설물이 가득하고, 햇빛에 말라비틀어진 풀들이 수북한 들판에는 지린내와 파리 떼가 뒤덮여 나가볼 엄두조차 나지 않는다. 게다가 양 떼는 우리 집 화단을 호시탐탐 노린다. 그래서 양 떼의 기척이 느껴지면 문을 열고 뛰어나가기 바쁘다. 나는 화단을 보호하기 위해서, 아이들은 양 떼가 반가워서.

'아이고, 오늘도 또 벼룩과 전쟁을 하겠구나.'

양 떼는 배설물뿐만 아니라 벼룩도 남겨두고 간다. 양 떼가 지나간 날은 아이들의 피부에 벼룩이 물고 간 자국이 선명하게 남는다. 벼룩에 물려 빨갛게 부풀어 오른 어린 피부를 보자면 속이 상하고 양치기 아저씨마저 원망스럽다. 하지만 시골에 살자면 피해갈 수 없는 일이다. 이제 아이들도 나도 이런 일에 어느 정도 익숙해졌다.

이런 내 마음을 아는지 모르는지 양치기 아저씨 라몬은 해가 긴 여름이면 우리 집 앞마당에 한나절씩 머물다 가신다. 멀리 양 떼를 풀어놓고 망중한을 즐긴다. 라몬은 따뜻하고 정이 많은 사람이다. 새벽에는 빵을 만들어 마을 사람들에게 나눠주고, 오후가 되면 바람과 햇살을 벗 삼아 양을 몰며 사색을 즐기는 분이다. 그래서인지 평소 라몬의 생각과 행동은 보통 사람들과 좀 다르다. 스페인에서 '양치기'는 지혜로운 사람으로 불리는데, 아마도 온종일 들판에서 사색하며 동물과 자연을 통해 인생의 이치를 깨닫기 때문이 아닐까 싶다.

라몬은 척척박사다. 꽃이면 꽃, 풀이면 풀, 모르는 게 없다.

계절에 따라 달라지는 동물들의 특성, 뱀의 생태, 세상에서 가장 맛있는 버섯 등 자연과 관련된 별별 지식을 다 꿰고 있다. 한 번은 개똥물을 가져와 우리 화단에 뿌리길래 놀라 이유를 물어봤더니 '개똥을 꽃과 식물에 바르면 양들이 함부로 뜯어먹지 않는다.'고 귀띔해주기도 했다.

이 지혜로운 아저씨는 또 진정한 이야기꾼이다. 한가한 오후, 라몬과 마주앉아 있노라면 아이들도 믿지 않을 만한 허무맹랑한 이야기를 끝도 없이 들려준다. 한동안 나는 뱀 때문에 걱정이 많았다. 아이들이 밖에서 놀다 혹시 뱀에게 물리면 어쩌나 싶어 내 눈은 아이들의 뒤꽁무니를 졸졸 쫓고 있었다.

"산들, 믿지 않아도 좋지만 이건 실제로 있었던 이야기야. 옛날에 갓난아기를 낳은 엄마가 매일 아기에게 젖을 물리는데도, 이상하게 아기는 매일 칭얼대고 시름시름 앓으며 야위어갔대. 이를 이상하게 여긴 아기 엄마가 하루는 창문에 밀가루를 뿌려놨대. 그랬더니 글쎄, 무슨 일이 일어났는지 알아? 다음 날 아침에 보니 그 밀가루에 뱀 자국이 그려져 있었던 거야. 알고 봤더니 뱀이 창을 타고 넘어와 아기가 빨아야 할 젖을 다 먹고 갔다는 거야. 아기는 뱀 꼬리를 엄마젖이라 생각하고 쭉쭉 빨았던 거지. 엄마는 잠결이라 아기가 젖을 빠는 줄로 착각한 거고. 뱀이란 놈 정말 영특하지 않아? 이 뱀은 매일 밤 찾아와 젖을 다

먹고 나면 유유히 창문을 통해 도망갔던
거야."

"아니, 아저씨! 말이 돼요? 사람 무는
뱀은 봤지만, 젖을 빠는 뱀은 정말 금시초
문이에요. 뻥을 쳐도 어느 정도라야죠!"

아기 엄마가 난데없이 밀가루를 뿌렸
다는 얘기며, 젖을 물리면서 뱀 이빨과 아
기 입을 구분하지 못하는 등 모든 것이 앞
뒤가 맞지 않았지만 아저씨는 사뭇 진지한
표정으로, 내 반박에 아랑곳하지 않고 이
야기를 이어갔다.

"그런데 말이야. 진짜 놀랄 만한 일이
또 있어. 이것도 내가 어렸을 때 우리 아버
지가 실제로 보고 말씀해준 일이라니까."

"뭔데요?"

"어느 날 소가 들판에서 꿈쩍도 하지 않
고 서 있더래. 왜 저럴까 궁금했던 아버지
가 다가가니 글쎄, 뱀 한 마리가 소의 뒷다
리를 타고 올라가 소젖을 빨고 있었다지
뭐야. 젖을 빠는 힘이 어찌나 센지, 소도

우리 가족,
숲에서 살기로 했습니다

꼼짝 못하고 젖을 물리고 있더래."

"에이, 아저씨! 이것도 아닌 것 같은데요?"

"진짜야. 우리 아버지가 소젖 빠는 뱀을 작대기로 치려고 하자, 뱀이 어떻게 한 줄 알아?"

"어떻게 했는데요?"

"화난 뱀이 소 뒷다리에 감았던 자기 꼬리를 풀어 한번 허공에 휘 감았다가 소에게 딱, 채찍질을 했다는 거야. 그리고 유유히 도망가버렸대. 나중에 아버지가 소의 다리를 보니, 뱀이 채찍질한 자국이 선명하게 남아 있더라는군. 그리고 부상을 입은 소는 평생 절뚝거리며 다녔대."

"진짜요?"

"그렇대도. 뱀이라는 놈들이 얼마나 영특한지 몰라."

믿을 수도, 안 믿을 수도 없는 라몬의 이야기는 끝도 없이 펼쳐졌다.

천둥번개가 심한 8월 어느 날이었다. 라몬은 양 떼를 들판의 큰 참나무 밑으로 몰아넣고 비를 피해 우리 집으로 왔다. 그때 우리 쌍둥이는 아직 갓난아기였다. 라몬은 천둥 피하는 방법이라면서 내게 속삭이듯 이야기를 들려주었다.

"천둥번개가 치는 날에는 말이야, 갓난아기가 필요해. 이거

옛날부터 전해 내려오는 방법인데 벌거벗은 갓난아기를 하늘 높이 들어올리면 천둥번개가 그 집을 피해간대."

허무맹랑한 민간요법인가? 정말 믿기 거북한 이야기였다.

"에이, 아저씨! 그러다가 갓난아기가 비 맞고 감기 걸리면 큰 일날 텐데요?"

"잠깐이면 돼. 이 집은 갓난아기가 둘이나 있으니 한번 해보 지 않으련?"

양치기 아저씨의 이런 전설 같은 이야기 덕분에 비스타베야 의 과거를 접하는 것 같기도 하다. 믿기 어려우면서도 황당한 이야기들은 이 고산에 살았던 옛날 사람들 사이에서 입에서 입 으로 전해오지 않았을까. 하루 종일 들판에서 양을 치는 아저씨 의 상상력과 관찰력 덕분에 우리 아이들도 종종 전설 같은 이야 기를 듣는 호사를 누린다. 한여름 저녁, 아저씨의 이야기에 귀 를 쫑긋 세운 아이들을 보고 있자면 이런 게 행복인가 싶어 입 가에 살포시 미소가 지어진다.

나는 라몬의 엉터리 같은 이야기가 좋다. 마치 다른 세상에 와 있는 듯한 착각과 동심도 느낄 수 있다. 지독한 똥 냄새와 벼 룩을 선물하는 양 떼가 싫으면서도 밉지 않은 이유다.

도서관
한 채의 지혜,
마리아 할머니

아이들을 학교에 보낸 후 이른 아침 채소밭에 가는 시간이 무척 좋다. 영롱한 아침 이슬이 조용히 내려앉은 대지는 하루의 시작을 노래하고, 나는 따뜻하게 내리쬐는 햇살을 느끼며 명상하듯 풀을 뽑고 채소를 수확한다. 나도 모르게 마음이 정화되는 듯한 시간이다.

그런데 가끔 이런 여유를 깨는 사람이 있다. 비스타베야가 떠나갈 정도로 쩌렁쩌렁하고 괄괄한 목소리의 주인공, 바로 마리아 할머니다. 할머니의 밭은 우리 텃밭 바로 밑에 있다. 그래서 자주 만날 수밖에 없는데 마주칠 때마다 어찌나 오지랖이 넓고 잔소리가 심한지 시어머니 뺨친다.

"이건 이렇게 하면 안 되고, 저건 저렇게 해서는 안 돼!"

이런 마리아가 왠지 모르게 밉지만은 않다. 결국 뭔가를 배울 수 있기 때문이다. 처음 이곳에 와 채소에 대해 전혀 모를 때 밭을 고르고, 채소를 심을 수 있도록 도움을 준 것도 마리아다. 그런데 문제는 할머니가 내 일감을 잔뜩 가져온다는 데 있다. 토마토 모종이나 감자 씨를 가져와 밭에 곧바로 심으라는 식이다.

그래서 가끔 멀리서 할머니가 계신지 안 계신지 눈치를 보고 살짝 피할 때도 있다.

재미있는 건 나에게만 그러는 게 아니라는 점이다. 폰타날에 밭을 가지고 있는 이웃들도 나와 비슷한 경험을 한 건지 모두 마리아의 눈치를 살핀다. 우리는 마리아의 별명을 '왕 대장(Jefe)'이라고 불렀다. 그런데 어느 날 이 사실을 안 마리아가 크게 화를 냈다.

"난 민주적인 사람이야. 누가 나보고 왕대장이래?"

평소와 달리 진지하게 혼쭐난 우리는 그 후로 다시는 마리아를 그렇게 부르지 않았다. 작은 사건이지만, 스페인 사람들의 뼛속 깊이 새겨진 권위주의에 대한 반감을 느낄 수 있었다. 이런 시골에 살고 있는 노인들조차도 "어른이 말하는데 어딜 감히?"라는 뉘앙스를 매우 싫어한다. 대신 "내 의견을 좀 들어봐. 어떻게 생각해?"라고 말한다. 젊으나 늙으나 누굴 가르치거나 지배하려는 모습은 어디서도 찾아볼 수 없다.

비스타베야는 아주 작은 시골 마을이라 노인들이 많다. 그래서 종종 누군가의 부고가 들려오는데 그때마다 동네 사람들은 이렇게 말한다.

"도서관 한 채를 또 잃었구나!"

그만큼 노인들의 지혜를 높이 평가하면서도 노인 스스로 대접받거나 보호받고자 하는 분위기는 전혀 없다. 오히려 나이가 들면서 지적 호기심이 더 왕성해지는 것 같다. 마리아도 가끔 자신이 좋아하는 음식, 자신의 패션, 일에 대해 수다를 풀어놓는데 그때마다 나는 속으로 깜짝깜짝 놀란다. 아흔을 코앞에 둔 시골 할머니의 소신과 취향은 나를 돌아보게 만든다. 마리아는 작은 양 떼를 모는 양치기이기도 하다. 여든여섯이라는 연세가 무색할 정도로 꼿꼿한 자세로 매일 들판을 오가며 양을 본다.

"나는 도시에 가서 살면 심심해서 죽고 말거야."

할머니의 활력의 원천은 아무래도 끊임없는 노동에서 오는 것 같다. 농가에는 워낙 할 일이 많아 언제나 젊은이 못지않게 바삐 몸을 움직여야 하기 때문이다.

우리 가족이 처음 폰타날 밭에 감자를 심던 날이 생생하다. 그날도 마리아를 피해 열심히 감자를 심고 있었다. 하지만 마리아는 어디선가 재빠르게 양 떼를 몰고 나타나 감자밭으로 성큼성큼 들어왔다.

"감자는 그렇게 심는 게 아니야. 내가 쉽게 심는 방법을 가르쳐주지."

할머니는 작은 체구로 순식간에 고랑을 파고 감자 씨를 던져 넣은 후 흙을 덮었다.

"여긴 물을 댈 수 있으니 흙을 단단하게 다지지 않아도 돼. 이렇게 스펀지처럼 숨을 쉬도록 살짝만 덮으라고."

남편이 구멍을 파고 감자를 넣으면 마리아가 흙을 덮기 시작했다. 남편의 손놀림이 조금만 느려지면 할머니는 엉덩이에 바짝 붙으면서 "¡Más rápido! (더 빨리!)" 하고 외쳤다.

자연이 곧 삶 자체인 할머니인데 요즘은 전보다 만나기 어렵다. 할아버지가 거동을 못하니 집에 함께 머무는 시간이 는 것이다. 가끔 바람 쐴 겸 양 떼를 몰고 산책을 나오시지만 어쩐지 예전 같지는 않다. 그래도 그 유쾌한 목소리만은 여전하다.

"내가 처녀 적에는 집집마다 돌아다니면서 기타 치며 춤추곤 했어. 축제 때 말이야."

"바깥양반이 건강해야 할 텐데. 내가 제일 두려운 게 뭔지 알아? 이 양반이 죽고, 도시 사는 딸이 날 데리러 오는 거야."

죽어도 도시에는 가고 싶지 않다는 마리아는 비스타베야의 가장 오래된 도서관이다.

페페 아저씨와
장작 준비하기

우리 가족은 1년 내내 고산의 혹독한 겨울에 대비한 월동 준비를 한다. 그중에서도 가장 중요한 것은 단연코 장작 마련이다. 겨울이 오기 전부터 끊임없이 나무를 패고 말린 후 쌓아둬야만 한다. 그래야 적절히 건조되어 겨울에도 쉽게 불을 피울 수 있다. 1년 내내 쉼 없이 준비해야 한다는 면에서 장작 패기는 고된 노동이다. 하지만 천장 가득히 쌓인 장작을 보면 마음이 흐뭇해지고 든든하다. 마치 쌀독에 쌀을 가득 채워둔 느낌이랄까.

우리는 틈만 나면 차를 몰고 산으로 나무를 하러 다닌다. 보통 아이들도 동행하는데, 사실 어린아이들이 할 수 있는 일이라곤 아빠 뒤를 졸졸 따라다니며 응원하는 것이 전부다. 때로는 자기 몸집만 한 나뭇가지를 들고 낑낑대며 돕겠다고 나서기도 한다.

"아이고, 저 고사리손으로 장작 나르는 모습 좀 봐! 기특하지 않아?"

남편은 안간힘 쓰는 딸들을 보며 성가시기는커녕 장해 죽겠다는 표정이다.

　가끔은 나무를 하기 위해 차가 오르지 못하는 깊은 숲으로 들어가야 할 때도 있다. 차가 닿지 않는 곳에 있는 장작은 나르기가 어려워서 이웃들도 그냥 방치해 둔다. 때문에 소유한 산이나 밭이 없는 우리에겐 많은 장작을 얻을 수 있는 절호의 기회가 된다. 하지만 늘 운반이 문제다. 가끔 이웃들이 나서서 도와주기도 하지만 이럴 때는 역시 페페 아저씨 없이는 안 된다. 페페에게는 '파트롤리아'라는 당나귀가 있는데, 우리는 이 녀석에게 여러 번 큰 도움을 받았다.

　페페와 파트롤리아의 인연은 참 귀하다. 오래전 근처 숲에서 은둔자처럼 살던 한 가족이 있었는데, 도시로 나가면서 이 당나귀를 페페에게 선물했다고 한다. 페페는 당나귀의 이름을 파트롤리아로 짓고 선뜻 가족으로 받아들였지만, 어쩐 일인지 당나귀는 괴팍한 행동을 많이 했다. 매번 아저씨를 발로 차고, 입으로 무는 등 툭하면 문제를 일으켰다. 페페는 당나귀가 말썽을 부리면 대수롭지 않다는 표정으로 승강이를 벌이곤 했다. 그날도 우리는 근처에 온 파트롤리아가 돌발행동을 할 것 같아 다가가지 못하고 망설였다.

　"페페, 파트롤리아는 성질이 좀 수그러들었어요?"

　"흥, 이 미친년!"

아! 저 험한 말버릇. 이미 익숙하다.

산드라는 아랑곳하지 않고 아저씨의 다음 이야기가 듣고 싶어 안달났다.

"왜, 파트롤리아가 미친 거예요?"

이제 시작이다. 페페의 입담은 누구도 끊을 수 없고, 누구도 믿을 수 없고, 누구도 참견할 수 없는데, 아이가 그 미지의 영역에 한 발을 디딘 것이다.

"이 당나귀란 놈이 글쎄, 저번에 내 어깨를 물었지 뭐니? 미치지 않고는 그럴 수 없지. 풀을 뜯다가 갑자기 물었다니까!"

"그래서 아저씨, 파트롤리아를 어떻게 했어요? 굶겼어요?"

아이는 대체 어디서 저런 소리를 들었을까? 마을 어른들이 말 안 듣는 동물을 굶긴다는 말을 새겨들은 것일까?

"굶기긴 왜 굶겨, 불쌍하게. 대신 크게 혼내줬어."

"똑같이요?"

"응."

"그럼 아저씨도 파트롤리아 어깨를 깨물었어요?"

"응, 거의 그런 셈이지."

"우와, 진짜요?"

또 시작됐다. 자기 덩치만 한 당나귀에게 물리고, 똑같이 물어줬다는 이야기는 누가 들어도 허풍 그 자체다.

"응, 요것이 날 물어버린 다음 날, 먹이를 가져다주러 갔는데 얼굴을 보자 너무 얄미워서 두 손으로 입술을 꽉 잡아서 그냥 꽉 물어버렸어."

페페는 어느새 당나귀 입술을 양손으로 꽉 잡고 입을 크게 벌려 무는 시늉을 했다.

아이들은 이미 아저씨의 이야기에 혼을 쏙 빼앗기고 말았다. 그때 페페가 갑자기 산드라를 번쩍 들어서 파트롤리아의 등에 태운다.

"무서워하지 마, 산드라. 그 사이 파트롤리아도 성격이 많이 변했어. 아주 착해졌지. 자, 등 좀 쓰다듬어줘. 오늘은 일을 많이 해야 하기 때문에 사랑의 스킨십이 필요해. 애도 삶의 동반자가 필요해서 가끔 심술을 부리는 것뿐이야. 오늘 봐. 얼마나 착해, 그렇지?"

페페는 평소 당나귀를 무서워하는 우리 아이들을 유인하는 각양각색의 방법을 알고 있다. 허풍인지 사실인지 모를 이야기를 들으며 우리는 숲속에서 마련한 장작을 차곡차곡 당나귀 등에 실어 차로 옮겼다. 이런 과정을 몇 번 반복하다 보면 성질 고약한 페트롤리아도 어느새 순한 일꾼이 되어 장작 나르기에 열심이다.

입담으로 사는 비스타베야의 유명인, 페페 아저씨. 그리고 영

원히 길들여지지 않을 것만 같은 페트롤리아까지. 메마른 고산
에 웃음을 날라다주는 두 배달부를 사랑하지 않을 수 없다.

친구 집에 갈 때
꼭 챙겨야 할 것들

스페인의 초대 문화는 한국과 많이 다르다. 만약 스페인 가정에 초대받았다면 반드시 준비할 것들이 있다. 먼저 주인에게 이렇게 꼭 물어봐야 한다. "뭘 가져가야 해요?" 물론 한국에서도 이런 질문을 할 때가 있지만, 그건 받고 싶은 선물이 무엇인지 묻는 것이고 여기서는 좀 다르다. 바로 손님이 꼭 챙겨가야 할 준비물을 확인하는 것이다.

한국에서라면 "아냐, 아무것도 필요 없어. 그냥 몸만 오면 돼."라는 대답이 돌아오겠지만, 스페인 친구의 대답은 다르다. "우리 집에 침대가 남는 게 없어. 그래서 네가 쓸 작은 매트랑 침대보, 이불을 가져와야 해."

한국에서는 집주인이 이웃에게 빌리거나 새로 사서라도 준비를 해두겠지만, 이곳은 손님이 필요한 물품을 준비해 가야 한다. 이 외에도 주인의 요청에 따라 챙겨 가야 할 것들이 달라진다.

또 친구에게 묻지 않아도 오랫동안 머물 생각이라면 준비해야 할 것이 음식이다. 한국은 주인이 식사를 준비해 손님을 대접하지만, 스페인에서는 초대해준 친구를 위해 손님이 음식을 준비해 가면 다들 좋아한다. 우정의 표현으로 생각하면 된다. 초대한 친구는 손님이 자기 집처럼 편안하게 머물다 가면 대접을 제대로 했다고 생각한다. 그래서 큰돈을 쓰지 않고 손님이 편안히 쉴 수 있도록 자신의 공간과 물건을 공유하며 시간을 함께 보내는 것을 좋아한다. 우리 집에는 자주 친구들이 방문하는데, 그들이 묵을 동안 먹을 요리 재료를 모조리 준비해와 직접 요리를 한다. 그러니 손님이 오는 날은 내가 쉬는 시간인 셈이다. 가끔 살림이 지겨워지면 나는 종종 남편에게 "친구 초대 안 해?" 하고 묻곤 한다. 친구들과 함께 요리하며 대화하고 같이 나누어 먹는 이 문화가 참 정겹다.

엄청난
폭우와 눈사태

똑! 똑! 똑!

이게 무슨 소리지? 꿈인 듯 아닌 듯 몽롱한 상태에서 들리는 소리에 놀라 눈을 번쩍 떴다. 눈앞의 사태를 확인하고는 비명을 질렀다.

"여보, 큰일났어! 빨리 일어나!"

나는 꿈나라에서 열심히 자전거 페달을 돌리고 있을 남편을 흔들어 깨웠다.

"천장에서 물이 떨어져. 천정에 구멍이 났나봐!"

정신을 차리고 보니 밖에서 거센 빗소리가 들려왔다. 소리만 들어도 얼마나 엄청난 비인지 짐작이 갈 정도였다. 흡사 양동이로 물을 퍼붓는 느낌이었다. 더듬거리며 물이 떨어지는 곳을 찾으니 이미 산드라를 덮은 이불이 흠뻑 젖어 있다. 전속력으로 대야를 가져와 받쳤는데 다른 곳에서 똑똑 소리가 들린다. 더자기는 글렀다고 낙심하고 나니 부엌에서도, 거실에서도 물방울의 향연이 들린다. 똑딱! 뚝뚝! 똑똑!

사실 그날 잠들기 전만 해도 나는 기분이 좋았다. 오랜만에

261

내리는 비에 속이 다 시원했고 말라가는 저수 탱크가 가득 찰
것을 생각하니 맘껏 물을 쓸 수 있다는 생각에 신났다.

하지만 비는 엄청난 폭우로 변해 사흘 내내 내렸다. 바짝 말
랐던 하천은 사람이 다닐 수 없을 정도로 범람했다. 어떤 상황
에서도 평정심을 잃지 않는 남편도 상황의 심각성을 느꼈는지
뜻밖의 제안을 했다.

"안 되겠어. 늦기 전에 탈출하자!"

"에이, 무슨 탈출씩이나. 이렇게 고립되는 것도 즐거운 경험
일 것 같은데."

말은 느긋하게 했지만 사실 나도 두려웠다. 보통은 고산 특성
상 비가 많이 와도 금방 빠져나가는데 이번 비는 얼마나 줄기차
게 오는지 고산 평야를 금방이라도 집어삼킬 태세였다. 남편은
반나절 정도 사태를 더 지켜보다가 결정을 내렸다.

"그러지 말고 우리 발렌시아 어머니 댁에 가자. 운전은 위험
할 것 같으니 기차를 타고 가자. 기차 타면 아이들에게 새로운
경험도 되고 좋을 거야. 그렇지?"

남편은 며칠째 계속 새는 비에 질려 비가 멈출 때까지 마음
편하게 발렌시아에서 휴가를 보내고 싶은 마음도 있었을 것이
다. 엄청난 폭우에서 벗어나 어머니가 해주는 음식을 먹고 걱정
에서 해방되고 싶은 심정을 내가 왜 모르랴.

우리 손으로 직접 지은 지붕은 세찬 비만 오면 이런 수난을 당한다. 평소에는 날씨가 건조해 이런 일이 거의 없지만 1년에 한두 번 거친 장대비가 쏟아지면 집안은 난장판이 되어버린다. 그나마 비는 어찌어찌 탈출이라도 할 수 있지만 눈은 완전히 다르다. 눈이 오면 아이들은 강아지처럼 뛰며 좋아하지만 즐거움은 잠시, 그 뒤부터는 한 치 앞도 보이지 않는 눈 속에 고립된다. 말 그대로 완전 고립이다.

한번은 눈이 예사롭지 않게 내리더니 급기야 창문과 현관문까지 다 막아버렸다. 마치 하얀 동굴에 갇힌 듯 바깥으로 아무 것도 보이지 않아서 집이 무너질까 걱정할 정도였다. 남편이 현관부터 음식 창고까지 음식을 가지러 가는 데 반나절이 걸렸다. 우리가 먹을 예비 식량은 충분했지만 굶주리는 동물들의 먹이도 챙겨줘야 하니 이럴 때 낭만 타령만 할 수 없는 게 고산의 삶이다.

이런 사태를 대비해 월동 준비는 필수다. 몇 번의 고비를 겪은 후 이제 나는 음식 재료가 남으면 무조건 겨울 대비용으로 남겨둔다. 그날도 눈을 치운 외길을 아슬아슬 통과해 창고에 가서 음식량을 체크했다. 이대로 고립된다면 며칠이나 견딜 수 있을지 파악하는 것이다. 쌀 봉지 2개, 참치 캔 4개, 파스타 2봉지,

밀가루 1봉지, 오이피클 1통, 양파 조림 7통, 콜리플라워 병조림 4통, 딸기잼 8통, 김치 2병 정도가 있었다.

오후가 되자 스페인 경찰인 과르다 시빌(Guarda Civil)에서 안부를 묻는 전화가 걸려왔다. 그들은 고립된 농가의 상태를 파악하고 있었다. 남편은 우리의 상황을 설명하기 시작했다.

"식수가 좀 부족하기는 하지만 빗물을 끓여 마시면 되고, 약간의 비상식량도 있어……."

"안 돼! 쌀이 부족하다고 해!"

나도 모르게 튀어나온 단발마의 외침. 스페인에 살고 있지만 뼛속까지 한국 사람인 나는 역시 쌀이 있으면 정신적으로 안정이 된다. 비명에 가까운 내 외침에 웃음보가 터진 남편이 전화기에 대고 말했다.

"하하하! 제 아내는 한국 사람이라 쌀이 없으면 안 돼요."

내 말이 경찰에게도 고스란히 들렸는지 두 사람은 한참 웃다가 통화를 끝냈다. 다음 날이 되자 굴삭기가 거대한 몸체를 드러내며 집 앞에 나타났다. 제설 차량이 다른 마을에 총동원되는 바람에 이곳엔 임시로 굴삭기가 투입됐다고 했다. 마을에서 우리 집까지 오는데 반나절, 상황이 이러하니 다른 집은 또 얼마나 걸릴지 모를 일이었다. 지금 생각해도 그해 겨울 폭설은 대단했다.

우리 가족에게 자연재해로 인한 고립은 이제 낯선 경험이 아니다. 어느 정도 각오를 하고 있기에 뜻밖의 즐거움을 얻을 때도 있다. 태양이 뜨지 않으니 전기도 사라지고, 물도 마음껏 마실 수 없고, 안테나로 작동하는 전화선도 끊기고, 그야말로 일상의 안락함이 순식간에 사라져버린다. 처음에는 당황스럽기 그지없던 이런 순간을 이제 나는 새로운 관점으로 받아들인다. 평소에 당연하게 누렸던 소중한 것들을 재확인하고, 또 조용히 책을 보거나 내면을 들여다보는 시간으로 삼는 것이다.

사실 이런 기회가 아니라면 우리가 얼마나 미약한 존재인지, 문명이 얼마나 편안하게 우리의 삶을 받쳐주고 있는지 제대로 느낄 기회가 거의 없다. 나를 지탱해주는 편리한 환경, 온갖 기계들을 제거하고 나면 과연 무엇이 남는가, 그리고 우리는 어떤 존재인가 하는 질문을 자연스럽게 떠올려보게 된다. 자연이 주는 재난 앞에서 이렇게 조금씩 더 겸손해진다.

평화롭고
이색적인 투우 대회

여름 축제의 하이라이트는 뭐니 뭐니 해도 투우 경기다. 그런데 그저 광장 한가운데서 한가하게 똥을 싸는 것만으로 승부를 내는 투우 경기가 있다면 믿겠는가.

일명 '똥 싸는 투우' 경기는 비스타베야 마을의 남녀노소가 모두 즐기고 좋아한다. 누구도 다치지 않고 아무나 참여할 수 있기 때문에 인기가 대단하다. 축제의 마지막 날 딱 한 번, 오전 11시쯤 시작하니 아침 식사를 끝내고 마을 나들이를 하러 들른 누구나 참여하기 안성맞춤이다. 이 경기에는 땅 맞추기 내기가 붙는데, 상금으로 300유로(약 45만 원 정도)를 챙길 수 있어 인기에 톡톡히 한몫을 한다. 룰은 간단하다.

마을 광장에 커다란 사각형 땅을 만든 후 조각조각 분배하는 표시를 한다. 한마디로 광장에 땅따먹기 표를 만드는 것이다. 마을 사람들은 돈을 주고 땅을 분배받는다. 물론 실제로 매매되는 땅이 아니라 행사용 내기다. 이렇게 땅값으로 거두어들인 돈은 상금으로 돌려주기 때문에 참여자가 많을수록 상금도 더 커진다.

　문제는 소가 자신의 땅에 똥을 싸줄 때까지 기다려야 한다는 것. 이 똥 싸는 투우는 꽤 진지하다. 외양간의 철창이 열리면 소몰이꾼의 안내를 받으면서 소 한 마리가 광장으로 들어온다. 참가자들의 기대에 찬 시선과 정적 속에 소는 광장에 우뚝 선다. 이제 소가 똥을 싸주기만 하면 되는 것이다.

　상상해보라. 하나같이 진지한 얼굴을 하고 소의 엉덩이만 쳐다보는 이 상황을 뭐라고 표현하면 좋을까. 그 광경을 처음 봤을 때 나는 참지 못하고 폭소를 터트리고 말았다.

　10분이 지나고 20분이 지나도 소는 쉽게 똥을 싸주지 않았다. 이런 일에는 인내심이 강한 스페인 사람들이다. 쉽게 자리를 떠나지 않는다. 한 시간이 지날 즈음 비로소 여기저기서 웅성거리는 소리가 들렸다.

　"에이, 올해는 똥을 안 싸려나봐."

　"안되겠어. 집에 가서 점심 좀 먹고 와야지."

　"아! 덥다. 우리 잠깐 시원한 맥주나 마시고 올까?"

　"똥 싸는 현장을 꼭 기록해둘 테니 다녀오세요."

　하나둘 자리를 뜨는 사람들 틈에서 운영위원회의 청년들만이 밀짚 모자를 쓰고 자리를 지키며 점심을 먹는다.

　"소가 똥을 쌌어요!"

경기가 시작되고 네 시간이 흐른 오후 3시경, 똥을 쌌다는 의미로 종이 딸랑딸랑 울리자 흩어졌던 사람들이 순식간에 다시 몰려들었다. 어느 정도 사람이 모이자 운영위원회 청년은 마이크를 들고 그 자리에서 당첨자를 발표했다. 여기저기서 감탄과 탄식의 소리가 들렸다.

더 재미있는 건 따로 있다. 소가 정확히 한 지점에만 똥을 싸주면 간단하련만, 어떤 똥은 경계선 중간에 싸놓아 당첨자가 애매할 때가 있다. 이럴 때는 어떻게 해야 할까? 두 사람에게 공평하게 당첨금을 나누어야 할까? 아니면 무효로 해야 할까? 놀라지 마시라. 그럴 때는 선을 따라 똥을 자른 후 무게를 달아 판명한단다.

우리 가족은 매년 이 투우 대회에 참가하기로 했다. 예측불허의 똥 싸는 투우가 어디까지 발전할지, 또 어떤 일들이 벌어질지 기대된다. 투우라면 질색하는 남편도 이런 재기발랄한 전통은 흐뭇하게 바라보며 즐기는 눈치다.

스페인 여행 패션은
화려해도 좋아요

인기 예능 프로그램 《꽃보다 할배》가 스페인을 찾아왔다. 내가 사는 곳에 꽃할배들이 온다니 무척 반가웠다. 그때 우연히 포스터 한 장을 봤는데 유난히 눈에 띄는 모습이 있었다. 바로 검은색 정장을 입고 멋을 낸 배우 이서진 씨다. 다채롭고 화려하게 입은 할배들과 달리 그는 멋스러운 캐주얼 정장 차림이었다. 한국이라면 언제 어디서든 시선을 끌만큼 매력적이고 깔끔한 모습이다. 하지만 만약 당신이 스페인을 여행한다면, 검은색 옷은 피하라고 말해주고 싶다. 만약 길거리에서 스페인 사람들이 검은색 정장을 차려입은 외국인을 본다면 고개를 갸웃할 것이다.

스페인은 모든 면에서 화려한 편이다. 건물, 거리, 패션, 디자인, 사람들의 표정까지도. 반면 한국 사람들은 무채색을 선호하는 경향이 있는 것 같다. 무난해서일까? 나도 한국에 살 때는 검은색 옷을 즐겨 입었다. 처음 스페인에 와서도 마찬가지였다. 나중에 알게 된 사실인데, 스페인 사람들은 평상복으로 검은색을 거의 입지 않는다. 검은색은 '죽음의 색'이라고 여긴다. 평소에 검은색 정장을 입고 다니면 "누가 돌아가셨어?"라며 위로해줄 정도다.

출근할 때 간혹 검은색 정장을 입기도 하지만 여행 다니면서 입는 경우는 거의 없다. 이들이 검은색 정장을 입을 때는 장례식에 참석하거나, 남편과 사별한 시골 할머니의 일상복이거나, 반드시 입도록 정해진 직장의 제복일 때뿐이다. 남자들은 연갈색, 적색, 녹색 등을 좋아하고 여자들은 자신에게 잘 어울리는 컬러풀한 색을 선호한다. 얼마 전 겨울에 한국으로 휴가를 다녀온 스페인 친구가 "지하철에 회색, 검은색 옷을 입은 사람이 너무 많아서 깜짝 놀랐어."라고 말한 것만 봐도 그렇다.

또 하나, 스페인 사람들은 카키색 옷이나 밀리터리룩을 좋아하지 않는다. 군사 문화의 잔재라고 여겨 멀리하는 것 같다. 밀리터리룩을 입은 누군가가 거리에 지나간다면 주변에 있던 사람들은 그를 '보수적이고 군사 문화를 따르는 사람'이라는 선입견을 갖고 바라볼 것이다.

벌집 소탕하던
날의 작은
깨달음

쌍둥이들이 겨우 걸음마를 시작할 즈음, 이 시골 집에 난데없는 소란이 벌어졌다. 집안일을 하고 있는데 멀리서 들려오는 아이들의 울음소리가 심상치 않았다. 서둘러 나와 보니 산드라가 "엄마! 누리! 사라! 벌! 벌!" 하며 말을 채 다 잇지 못하고 사색이 되어 있었다. 처음엔 이게 무슨 일인가 싶어 어안이 벙벙했다. 유심히 아이들을 살펴보니 다리가 퉁퉁 부어오르고 있었다. 심장이 걷잡을 수 없을 정도로 뛰었다. 산골에 사는 벌의 독은 아이들에게는 치명적일 만큼 독하다. 앞뒤 가릴 새도 없이 서둘러 두 아이를 품에 안고 보니 머리 위로 말벌이 윙윙 날아다니고 있었다. 어디서 그런 힘이 나왔는지 모르겠다. 제법 큰 아이 셋을 한아름에 안고 헐레벌떡 집 안으로 들어와서야 비로소 정신을 차렸다.

"근처에 벌집이 있으니 절대 나가면 안 돼, 알았지?"

다행히 벌에 쏘인 상처는 심하지 않았다. 하지만 문제는 그다음이었다. 나의 연락을 받고 놀란 얼굴로 집에 온 남편과 함께 주변 벌들의 동태를 파악해보았다. 돌담 위에 제법 큰 크기의 땅벌 집이 있었다. 땅벌은 자신을 먼저 공격하지 않는 이상 상대를 먼저 공격하지 않는다고 알려져 있지만 남편은 안심이 되지 않았는지 벌집을 모조리 제거해야겠다며 분주했다.

남편은 양봉업자가 갖춰야 할 장비는 모조리 갖춘 반 전문가다. 우리 가족은 마당 뒤편에 직접 양봉을 하고 있다. 남편이 화재감시원으로 일할 때 양봉업자에게 받은 벌통으로 2년에 한 번씩 꿀을 받아 먹는다. 하지만 우리가 벌통을 애지중지하는 진짜 이유는 꿀벌을 보호하기 위해서다. 그렇잖아도 꿀벌이 사라진다고 걱정인 남편이 이런 기회를 놓칠 리가 없다. 말벌은 꿀벌을 공격하는 주적이기 때문이다.

남편은 어둠이 내려앉을 때까지 느긋하게 기다렸다. 벌집을 제거하려면 벌들이 활동을 끝내고 벌집으로 들어가는 때를 노려야 하기 때문이다. 남편은 저녁이 오길 기다리는 사이 벌집 제거법을 꼼꼼히 알려줬다. 벌집에 불을 지피면 위협을 느낀 벌들이 순식간에 집 밖으로 나오는데, 그때 날개가 타버려 땅에 떨어지고 그 벌을 발로 밟으면 상황 끝이라고.

막상 나가서 보니 땅벌의 규모는 생각보다 대단했다. 바위틈에 있는 벌집 구멍에 얼핏 봐도 수천 마리는 될 법한 벌들이 날아다니고 있었다. 모르고 지나쳤다면 어쩔 뻔했나 싶을 정도로 대단한 무리였다. 남편은 곧 벌집에 불을 지폈다. 금방 화르르 타버릴 것 같았는데 예상과 달리 벌집은 제법 오래 탔다. 어스름한 저녁의 붉은 기운과 검은 연기가 한 폭의 풍경화처럼 어우러졌다.

"휴우, 정말 엄청났어! 수천 마리가 내 소매를 한꺼번에 헤치고 파고들면서 공격하더라고. 하긴 내가 벌이라도 자기 집을 태우는 침략자를 가만 두고 보진 않았을 거야. 그런데 말이야, 내 마음 한구석이 좀 그래. 내 아이 살리려고 수천 마리가 살던 왕국을 이렇게 처참하게 몰살해도 되는 걸까? 살아서 꿈틀대는 애벌레도 봤는데 미안했어."

다소 숙연한 남편의 말에 나도 슬그머니 죄책감이 들었다. 그때 벌집 소탕을 구경하러 나온 아이들이 "아빠, 벌에 물려 아파. 호 해줘." 하며 품을 파고들었다.

"그래도 역시 해치우길 잘했어."

우리 인생사가 그렇다. 내 것을 지키기 위해 누군가의 삶을 침범하기도 하고, 뜻밖의 사고로 내 삶을 위협당하기도 하면서, 서로라는 사슬에 묶여 영향을 주고받으며 살아간다. 어쨌거나 남편과 나는 죽어간 애벌레와 벌들에게 예를 갖춰 인사했다.

'벌들에게 평화를.'

늙은 암탉도
살 권리가
있어

우리가 사는 비스타베야 고산 마을은 발렌시아에서도 꼬박 2시간 반 차를 타고 달려와야 하는 곳이다. 그래서 우리 집에 찾아오는 손님이 드물다. 가끔 우르르 몰려오는 산똘의 친구들과 시댁뿐이다. 그래서 어쩌다 찾아오는 손님은 우리에게 특별하다.

귀한 손님이 찾아올 때면 남편은 닭장을 기웃거린다. 닭을 잡아 손님께 대접하려는 것이다. 시골 닭장이라고 하니 수십 마리의 닭을 키우는 줄로 생각할 수도 있지만 우리 집 닭장에는 적게는 서너 마리, 많게는 열 마리 안팎의 닭이 있다. 우리 가족은 1년에 많아야 네 마리 정도의 닭을 소비하기 때문이다.

얼마 전에도 장닭 한 마리를 손님에게 대접했는데, 솔직히 나는 산똘이 닭장을 기웃거리는 걸 보면 마음이 심란하다. 아침저녁으로 눈을 마주치며 지내다 보니 알게 모르게 닭과 정이 든 것이다. 매일 모이를 받아먹다가 하루아침에 잡아먹히는 신세라니. 지금은 남편도 거침없이 닭을 잡는 편이지만 처음부터 그랬던 것은 아니다. 우리는 둘 다 닭을 키워본 적도 없지만, 잡아

본 적은 더더욱 없었다. 남편이 먼저 닭을 키우자고 제안했지만 나는 왠지 살육이 내키지 않아 선뜻 답하지 못하고 있었다.

그러던 중 닭 잡는 법을 배울 절호의 기회를 얻었다. 이웃 빅토르의 닭들이 족제비에게 물려 여덟 마리가 폐사를 당한 것이다. 한두 마리가 밖으로 끌려간 자국이 있을 뿐 가져가지는 못한 모양이었다. 아침에 비로소 이 참혹한 광경을 보고 놀란 빅토르는 닭들을 버리려고 자루에 담았는데, 남편은 빅토르에게 이 닭 여덟 마리를 받아왔다.

"멀쩡하게 잘 큰 닭들이잖아. 병에 걸린 것도 아니고. 족제비 녀석이 먹지도 못하고 두고 갔으니, 우리라도 먹어야지."

그때까지만 해도 농담하는 줄 알았다. 남편이 원통하게 죽은 닭을 먹을 생각을 한다는 것 자체가 충격이었다.

"괜찮아. 어제까지 건강했던 닭이야. 우리가 먹어도 아무 문제없어."

하지만 이 여덟 마리의 닭을 어떻게 손질한단 말인가. 그때부터 남편은 분주하게 닭 손질법을 알아보기 시작했다. 페페 아저씨에게 전화하여 묻고 시부모님께 정보를 얻었다. 그러다 갑자기 나를 보며 씨익 웃는다.

"아! 우리에겐 유튜브가 있지?"

결국 남편은 그날 닭 손질법을 유튜브를 통해 완벽히 체득했고 바로 실전 적용까지 끝냈다. 우리는 여덟 마리나 되는 닭을 냉동실에 보관해 한동안 부족함 없이 고기로 배를 채울 수 있었다. 용기백배한 남편은 바로 닭장을 만들고 닭을 키우기 시작했다. 그리고 지금 남편의 닭 잡는 솜씨는 거의 프로 수준이다. 닭을 잡을 때는 놀랄 만큼 거침없지만 사실 마음이 여린 남편은 닭 요리가 식탁에 오를 때면 "우리 고마운 마음으로 경건하게 먹자." 라고 말한다. 소중한 생명을 앗은 만큼 닭의 생명이 헛되지 않아야 한다는 소신을 갖고 있어, 내가 어쩌다 고기를 조금이라도 남기면 바로 타박한다. 닭의 희생이 아깝지 않게 남김없이 잘 먹어야 한다는 것이다.

"아! 불쌍한 닭이여! 제 소중한 몸을 사람에게 바쳤는데 그 가치를 모르고 저렇게 남기다니 정말 나쁜 사람이야."

산똘에게는 닭을 잡는 자신만의 원칙이 있다. 절대로 암탉은 잡지 않는다. 한번은 우리 집에 방문한 손님이 닭장을 들여다보며 물었다.

"나는 닭이 늙으면 다 잡아먹는데 이 집은 늙은 암탉은 잡지 않네? 무슨 이유라도 있어?"

"수탉들은 서로 생존 싸움을 하느라 함께 살지를 못하잖아. 그러니 어쩔 수 없이 때가 되면 처치해줘야 평화가 유지되지.

278

하지만 암탉들은 자기들끼리 너무나 평화롭게 살잖아. 알을 낳고 품어 병아리를 만들고 키워내니 얼마나 숭고한 존재야. 또 봄날에는 집 근처에 출몰하는 독사를 쪼아 먹으니까 인간에게도 도움이 돼. 그래서 난 암탉이 아무리 늙어도 잡지 않아. 늙은 암탉일수록 무리에선 윤활유 같은 존재야."

처음에는 이 무슨 궤변인가 싶었지만, 가만 생각해보면 옳은 말이다. 이웃 마을 농협에서 어린 칠면조 두 마리를 사온 적이 있다. 대량 생산으로 인큐베이터에서 자라 사료만 먹은 칠면조들은 우리가 주는 낱알 모이를 먹는 법을 모르는 것 같았다. 그래서 늙은 암탉과 한 공간에 두었더니, 얼마 지나지 않아 흩어진 모이를 먹는 방법을 배워 잘 먹는 게 아닌가. 인간의 눈으로 보자면 한낱 닭장 속 늙은 암탉과 어린 칠면조이지만, 그들의 세계에서는 서로 공생하며 자극을 주고받는 관계였다.

"일생 동안 많은 일을 한 암탉인데, 이제 퇴직하고 좀 편안히 살게 해줘야지."

농담처럼 던지는 말이지만 이것이 남편의 진심이다. 우리 집 암탉 중에는 너무 늙어 눈이 멀어버린 닭이 있는데 그는 이 노계를 특별한 애정으로 보살핀다. 이 암탉이 아름답게도 평생 알을 낳고 품었다는 이유로 말이다. 몸짓이 한결 느려진 암탉을 볼 때마다 산똘은 애정 어린 눈망울로 이런 말을 했다.

　　"이제 할머니인데 편안하게 살다 가면 좋겠다."

　　가축에게 불필요한 감정을 이입한다고 생각할 수도 있지만 나는 남편의 이런 따뜻한 마음이 더없이 좋다. 늙어서 더 아름다운 것이 있고, 나이 들수록 더 가치가 높아지는 것이 있다. 시골 생활이 우리에게 주는 작은 가르침이다.

온 가족
가을 버섯 산행

"비가 사나흘은 와야 버섯이 자랄 텐데……."

마을 어르신들이 고산의 거센 가을바람이 못마땅한 듯 한소리를 한다. 바람이 많이 불면 그동안 습했던 숲속 골짜기가 금방 말라 버섯 채취가 어려워지기 때문이다. 시골 생계의 한 부분이기 때문에 걱정도 커진다.

이곳에 오래 살다 보니 나도 날씨 감각이 제법 생겼다. 비가 적당히 내려주지 않고 바람만 많은 9월은 10월에 큰 피해를 준다. 그런 해에는 버섯을 기대했던 농민의 심기가 불편해지기 일쑤다. 그렇다고 이미 지나가버린 '9월'에 어떤 말을 해주랴. 다 자연의 법칙이거늘.

마을 어르신들의 습관적 넋두리에도 불구하고 비는 대부분 충분히 내리기 때문에 그리 걱정할 필요는 없다. 10월은 배낭이 아닌, 버드나무 가지로 만든 바구니를 들고 버섯을 채취하러 갈 시기다. 처음에 나는 바구니를 들고 버섯 채취를 하러 가는 이웃들을 보면서 이런 생각을 했다.

'동화 속 한 장면처럼 바구니 들고 멋부리러 가나? 간단하고

편리하게 배낭 메고 가면 되지 불편하게 바구
니라니…….'

하지만 곧 그 이유를 알게 되었다. 채취한
버섯을 바구니에 넣으면 듬성듬성하게 엮인 결
사이로 버섯의 포자가 빠져나와 다시 땅으로
떨어진다. 그렇게 다음 해에 또 버섯이 자라날
수 있는 생태계가 유지되는 것이다.

마을 사람들은 작은 칼을 가지고 다니면서
버섯을 채취한다. 한쪽에는 솔이 달렸고 다른
쪽에는 칼이 달린 버섯 전용 칼이다. 칼로 버섯
을 자르고 나서 버섯에 묻은 흙과 나뭇잎, 이물
질 등을 솔로 털어내면 씻지 않고 바로 먹을 수
있다. 그리고 버섯을 채취할 때는 뿌리를 캐지
않고 줄기 부분을 자른다. 뿌리에서 버섯이 더
자라날 수 있기 때문에 뿌리째 뽑지는 않는다.
버섯이 난 자리는 꼭 마른 풀과 흙, 이끼로 다
시 덮어놓는다. 습기를 유지해야 하는 버섯의
생태를 위해서다. 하지만 사유지가 아닌 공립
지에서 일반인이 하루에 한 바구니 이상을 채
취할 수는 없다. 생태계 보호 목적으로 가을만

되면 스페인 산림경찰이 숲을 오가면서 다량의 버섯 채취를 금지하고 있다. 나도 합리적인 생태계 보호의 한 부분이라 생각하고 마음으로 동의하며 꼭 지키는 규약이다.

가을이 오면 우리 가족도 즐거운 버섯 산행에 나선다. 남편이 앞장서고 그 뒤로 세 아이가 졸졸졸, 나는 맨 마지막에 따라간다. 워낙 버섯을 좋아하는 나는 하나라도 놓치기 싫어 언제나맨 뒤다. 그래 봤자 바구니에 담을 수 있는 분량은 한 바구니뿐인데 괜한 욕심을 부린다.

"엄마! 이쪽으로 빨리 와보세요."

큰아이가 부른다.

"왜? 맛있는 버섯이라도 발견했니?"

허겁지겁 달려가 보니 신기하게도 버섯이 피어 있다. 원형을 그리면서 어찌 이렇게 자라났는지 감탄이 절로 나온다. 이런 내 모습을 본 남편은 이곳의 신비한 전설을 이야기해준다.

"이것은 '코로 데 아다(Coro de Hada)'라고도 하고, '코로 데 브루하(Coro de Bruja)'라고도 해. 버섯이 원을 이루며 집단을 형성하는 것을 말하지. '코로 데 아다'는 '요정의 동그라미'라는 뜻이야. 원하는 것을 생각하며 동그라미 안에서 소원을 빌면 이루어져. '코로 데 브루하'는 정반대로 '마녀의 동그라미'라는 뜻

이야. 그 안에서 서성대다 시간과 공간 개념이 흔들려 정신 착
란을 일으킬 수도 있다고 해."

"그럼 꼭 코로 데 아다로 들어가야겠네?"

일단 원하는 것을 생각해 소원을 비는, 좋은 쪽으로 생각한
다. 아무래도 정신 착란이라고 하는 쪽의 이야기는 버섯을 더
많이 따려는 욕심에 땅만 보고 다니다 방향 감각을 잃는 사람에
대한 경고가 담긴 이야기가 아닌가 싶기도 하다. 그래서 같은
원을 발견해도 다 같은 게 아닌가 보다. 버섯 채취에 욕심이 많
은 엄마에게 일침을 가하는 이야기로 들린다. 동물과 인간이 나
누어 먹는 자연 안에서 많은 욕심을 부리지 말라는 전설로 여겨
지기도 했다.

'엄마도 욕심 좀 버리고 버섯 산행을 즐겨보자.'

나는 남편이 이야기해준 전설 속에서 작은 깨우침을 얻고 천
지에 널린 버섯을 감상하자고 마음을 느긋하게 먹는다. 아이들
과 나는 같은 박자로 발걸음을 옮긴다.

"엄마, 저건 독버섯, 아마니따 무스카리아(Amanita Muscaria)
예요. 저런 집에서 벤(Ben)과 같은 요정들이 살고 있어요."

아이가 가리키는 버섯을 본다. 오! 새빨간 지붕에 하얀 점이
땡땡땡. 그래, 이게 독버섯이야. 이런 곳에 스머프가 살아. 입에
서 이 소리가 나오려다 만다. 아이는 만화《개구쟁이 스머프》를

본 적이 없어 모를 테고 요즘 유행하는 어린이 만화 《벤과 홀리의 리틀 킹덤》이 바로 다가올 것이기 때문이다.

"그래, 저곳에 동화의 주인공들이 산단다. 우리가 그들을 괴롭힐까 봐 독버섯 안에 살고 있지. 그러니까 우리도 만지지 말자."

역시, 이곳은 전설과 현실, 동화와 버섯 채취하는 풍경이 교차하는 장소다. 버섯 산행을 하다 보면 어느새 과거로 회귀한 듯한, 또 시간과 공간을 초월한 신비로운 느낌이 든다. 그럼 우리가 마녀의 동그라미에 들어왔단 말인가? 아니면 자연과 교감하며 살고 싶은 내 소망대로 요정의 동그라미에 들어왔단 말인가? 즐거운 의문이 아닐 수 없다. 우리는 버섯 산행을 하면서 꿈같은 가을 낭만에 젖어든다.

내 아이의
발자국,
생태 발자국

겨울이 가까워지면 우리 가족은 월동 준비로 분주해진다. 겨우내 먹을 음식과 난방 등 많은 준비가 필요하지만 가장 중요한 것은 역시 땔감이다. 그래서 평소에도 페냐골로사 숲속으로 솔방울을 주우러 자주 간다. 솔방울은 난로에 불을 지필 때 불쏘시개로 사용되는데 한두 개에 불을 붙이면 잔가지에 불이 붙는 걸 도와준다. 송진이 잔뜩 묻은 소나무 잔가지와 솔방울은 환상의 궁합이다.

"오늘은 솔방울을 주우러 갈 거야."

말이 떨어지기 무섭게 아이들은 고사리손으로 산에 갈 준비를 한다. 이 시간은 우리 가족에게 소풍이자 자연 학습 시간이다. 솔방울만 줍는 게 아니라 버섯도 따고 야생화 공부도 할 수 있기 때문이다. 페냐골로사 숲에는 수십 년 자란 적소나무가 빽빽이 자라 있어 매우 멋있다. 이 적소나무는 굉장히 큰 솔방울을 품고 있어 다람쥐나 산짐승들의 먹거리가 된다. 솔방울의 크기가 어찌나 큰지 웬만한 어른 주먹보다 크다.

산에 들어서면 산똘은 선생님이 된다. 이 공원에서 숲지기로 일하는 남편이 아이들과 함께하는 이 소중한 현장 학습 시간을 놓칠 리 없다.

"저기 예쁜 꽃 보이지? 꺾어서 집에 가져가고 싶지? 하지만 안 돼. 꽃이 많다고 자꾸 꺾다 보면 얼마 후엔 안 필 수도 있어. 예쁘다고 막 꺾어버리면 꽃은 얼마나 아프겠어? 아마 내년에는 이곳이 자기 집이 아니라고 생각해 다른 데로 가버릴 거야."

누가 자연공원에서 일하는 사람 아니랄까봐, 그의 투철한 잔소리는 끝이 없다.

"자연공원에서는 탐방로를 벗어나 다른 땅을 함부로 밟아도 안 돼. 그 땅을 사람들이 밟고 지나가면 꽃과 풀이 사라져서 비가 오면 싹 쓸려가거든. 그리고 반려견도 꼭 옆에 데리고 다녀야 해. 풀어놓으면 개가 풀숲을 헤치고 작은 동물을 위협할 수도 있어."

귀를 쫑긋 세우고 아빠 말을 듣고는 있지만 세 아이가 제대로 이해했는지 확인할 길은 없다. 내 눈엔 그저 숲속에 있다는 사실이 즐거워 보일 뿐이다. 숲속에 오면 덩달아 아이들의 손도 바빠진다. 솔방울을 줍다가 신기한 버섯이나 꽃이라도 발견하면 대단한 것을 발견한 양 즐거워하고 "엄마, 이것 보세요!" 하며 소리를 꽥꽥 지르기도 한다.

아이들은 길을 따라 한 발, 한 발, 발자국을 남기면서 앞서

간다. 큰아이가 지나간 길을 작은 아이들이 지나가면, 아이들이 지나간 발자국이 선명하게 찍힌다. 그 발자국을 보며 아이들의 미래를 생각하지 않을 수 없다. 저 발자국이 앞으로 나아가다 보면 우리가 우려하는 그 미래에 닿아 있는 것은 아닌가 하고 말이다. 아이들이 살아갈 미래에는 자연과 인간, 동물, 지구상의 모든 살아 있는 종족이 조화를 이루는 시대가 되었으면 좋겠다. 아이들이 걷고 있는 숲길이 미래에도 존재할 것이라고 믿고 싶다. 그래서 나는 틈만 나면 아이들을 숲에 데리고 온다. 아이들에게 나무의 중요성을 알려주고 싶다. 자신의 존재를 스스로 책임지고 누구에게도 폐를 끼치지 않는 완전함을 나무만큼 제대로 실천하는 존재가 또 있을까.

나무가 우리에게 주는 교훈 중의 하나는 바로 '탄소 발자국'이다. 나무는 일생동안 들이마셨던 이산화탄소를 자신이 죽어서 연소하는 동안 같은 양의 탄소로 내보낸다고 한다. 자신의 카르마를 제로 상태로 만드는 것이다. 나는 이것이야말로 완벽한 탄소 발자국이라고 생각한다.

요즘 전 세계적으로 환경 문제가 심각해지면서 탄소 발자국에 대한 관심도 높아졌다. 굳이 멀리 남극의 환경까지 들먹이지 않더라도 가까운 곳에서 탄소 발자국의 의미를 되새겨볼 수도 있다. 우리가 편리하게 탔던 자동차가 내뿜은 이산화탄소, 일산화탄소만큼 우리는 산소를 채워야 마땅하지 않을까? 오늘 자동차를 탔다면, 내일은 새 나무를 심는 것. 그것이 지구의 생태 균형을 맞추는 작은 실천이 아닐까?

나는 솔방울을 주우면서도 아이들이 자연스럽게 나무와 환경의 중요성을 느낄 수 있도록 쉬운 얘기를 들려준다. 한편으로는 이 아이들이 살아갈 미래가 어떤 모습일지 심히 걱정이 된다. 스페인의 환경 파괴도 심각해 스페인 땅의 많은 부분이 급속도로 사막화되고 있다. 아이들이 지나가는 저 발자국 위에 우리는 지금 어떤 교육의 씨앗을 뿌리고 있는지 생각해볼 때다.

고산 마을의
본격 월동 준비

내가 사는 곳은 스페인 정부의 복지 혜택이 닿지 않는 오지 중의 오지다. 더 정확히 말하면 오지화가 진행 중인 고산이라고 보면 된다. 띄엄띄엄 떨어진 농가는 방치된 지 오래고 정부에서도 투자할 가치를 찾지 못하고 있다. 그러니 전기도, 수도도, 택배도, 우체부도 없다.

그런 면에서 한국은 참 대단하다. 웬만한 시골에서도 전기와 수도, 우편, 택배 서비스가 되고 어디서든 온라인 쇼핑도 가능하니 말이다. 종종 그런 환경이 엄청나게 부럽긴 하지만 우리 가족은 이런 열악한 환경에서도 나름대로 생활의 노하우를 찾아낸다. 특히 겨울 대비는 철저하다 못해 치열하기까지 하다. 어쩌면 겨울을 제외한 모든 계절이 월동 준비의 과정이라 해도 과언이 아니다.

장작 준비하기

아이들과 수시로 숲에 가서 솔방울을 줍지만, 우리는 가능하면 1년 내내 장작을 준비한다. 산똘은 전기톱의 불똥으로 화재가 날 위험이 있는 여름을 빼고 언제든 마른나무, 죽은 나무가 발견되면 곧장 전기톱을 챙겨 산으로 간다. 물론 스페인도 다른 유럽국과 마찬가지로 숲과 나무의 벌목을 강하게 규제하고 있어 산림감시원의 허락을 받아야 한다. 설령 자기 소유의 땅이라고 해도 함부로 나무를 베면 안 된다.

남편은 미리 나무를 자르고 패서 말려놓는다. 그렇지 않으면 장작이 마르지 않아 정작 필요할 때 사용할 수 없게 된다. 나무를 해오는 일도 보통은 아니지만 장작 패는 일도 고단하다. 출산 후 장작 패기는 고스란히 남편의 몫이 됐지만 임신 전에는 나도 장작을 제법 팼다. 초기에는 정말 죽을 맛이었던 것으로 기억한다.

밭 채소를 활용한 저장법

너른 채소밭 덕분에 제철에는 식재료가 넘쳐난다. 이웃과 가족들에게 선물로 주고도 남아서 버려야 한다는 건 농사꾼의 숨은 고충이다. "냉동실에 저장해두면 되잖아요?"라고 묻는 사람도 있는데 태양광 전지가 충분하지 않은 우리 집에서는 이것도 불가능하다. 그렇다고 어렵게 재배한 채소를 닭의 모이로만 쓰는 것도 못할 짓이다.

"이렇게 땀 흘려 지은 채소를 헛되이 낭비하는 건 죄악이야!

어떻게 해서든 저장하는 방법을 알아봐야겠어!"

나는 작심하고 채소를 장기 보관할 수 있는 갖가지 방법을 알아봤다. 개중 가장 효과적인 것이 한국식 '말리기'였다. 친정엄마가 보내주는 산나물, 고사리, 무말랭이, 멸치, 김, 고추 등을 보며 아이디어를 얻었다. 가장 좋은 방법은 햇빛 아래서 잘 말리는 것이지만 수시로 지나가는 양 떼 때문에 이 또한 쉽지 않았다. 고민 끝에 마음먹고 음식물 건조기를 한 대 들였다. 큰 에너지가 없어도 되는 시스템이라 천만 다행이었다. 이 건조기 덕분에 사과, 딸기, 토마토, 양파, 당근, 양배추, 호박 등 원하는 모든 과일과 채소를 말릴 수 있게 됐다.

이 건조기를 자주 사용하면서 뜻밖의 발견도 했다. 평소 아이들이 먹지 않는 단호박을 오븐에 구워 얇게 펴서 건조기로 말리면 종이처럼 얇고 바삭한 맛있는 과자가 된다. 이걸 한번 해본 후 반응이 매우 좋아 틈만 나면 사과 과자, 배 과자 등을 만들어준다. 아이들 간식으로 그만이다.

건조기에서 말린 채소는 겨우내 먹을 수 있다. 토마토는 말린 것을 물에 불려 믹서기로 갈면 천연 토마토소스가 된다. 애호박도 물에 불려 볶아먹고, 양파와 양배추는 국을 끓여 먹으면 정말 좋다. 가능한 영양소가 파괴되지 않도록 45~60도 저온에서 채소를 말린다.

말리기와 함께 우리가 가장 애용하는 것이 병조림이다. 산에서 나는 열매부터 밭에서 나는 과일까지 모조리 잼으로 만들어 먹는다. 야생배 잼, 산딸기 잼, 사과 잼, 체리 잼, 딱총열매 잼 등 종류도 다양한데, 매식사마다 먹지만 한 번도 슈퍼마켓에서 사본 적이 없을 정도로 풍성하다. 잼 외에는 채소 병조림을 만들어 보관한다. 채소로 원하는 반찬을 만들어 소독된 병에 넣고 밀봉하는 방법이다. 폭설이 내리거나 폭우로 길이 차단되는 날이나 부탄가스가 떨어져 요리를 할 수 없는 날에 유용한 한 끼 반찬으로 사용된다.

돼지 잡는 날

한국에 김치 담그는 날이 있듯 스페인에도 비슷한 문화가 있다. 이른바 '라 마딴사(La Matanza)'라고 불리는 돼지 잡는 날이다. 온 가족과 이웃이 모여 돼지를 잡고 부위별 고기로 음식을 만든다. 요즘은 모든 것이 자동화되어 이런 행사를 보기가 어렵지만 여기 시골에서는 아직도 돼지 잡는 날의 전통이 고스란히 이어지고 있다. 이 특별한 날을 통해 하몽(Jamón), 롱가니자(Longaniza), 쵸리소(Chorizo), 모르시야(Morcilla, 스페인 순대) 등 다양한 고기와 먹거리를 얻을 수 있다.

돼지 잡는 날의 모습은 한국의 김장하는 날을 연상하면 된다.

새벽부터 이웃들이 모두 모여 돼지를 잡고, 늦은 저녁까지 부위별로 살점을 자르고, 각종 순대를 만들어 나눈다. 냉동고 여유분이 없는 우리에겐 자연 건조한 이 저장법이 큰 도움이 된다. 특히 고기를 튀겨 올리브유에 넣어 보관하는 페롤(Perol)은 놀라운 저장법이다. 양념에 재운 고기를 2~3일 말려 기름에 튀겨주는 간단한 방법인데 이 튀긴 고기를 올리브유에 넣어두면 실온 보관으로도 오래 먹을 수 있다. 다른 육류들도 이런 방법으로 저장을 해봤는데, 놀랍게도 1년 내내 상하지 않고 즐겨 먹을 수 있었다.

돼지 잡는 날에 남편은 우리가 기르던 닭이나 칠면조도 함께 잡는다. 원래 우리 부부는 둘 다 채식주의자였다. 하지만 이곳에 들어와 살면서 가끔은 고기도 먹게 됐다. 자주 먹는 건 아니고 우리가 기른 닭을 한 해에 한두 번 먹는 정도다. 이렇게라도 하지 않으면 아이들에게 단백질을 제공할 기회가 거의 없다. 닭고기나 칠면조 고기는 병조림보다는 육포로 만들어 먹는다. 육포를 이곳에서는 '저크(Jerk)'라고 하는데, 나는 저크를 위해 각종 양념을 개발한다. 그중에서 불고기 양념을 바른 칠면조 육포는 인기 최고다.

우리의 월동 준비는 늘 현재진행형이다. 다양한 정보를 끊임없이 수집하고 일상에서 실험을 해본다. 그중 가장 맛있고 먹기 좋은 것을 골라 매년 업데이트하고 있다. 비스타베야에 살다 보니 문제 해결력과 생존력이 엄청 강해진 듯하다. 한국처럼 편리하고 빠르지 않은 생활 속에서 살면 살수록 원래 인간이 갖고 있는 생존 지혜를 터득하고 개발하게 된다. 이렇게 조금씩 자연에 적응하고 조화를 이루며 사는 법을 배우고 있는 것 같다.

스페인 사람들의
올리브유 활용법 20가지

스페인은 '올리브의 나라'라 해도 과언이 아닐 만큼 실생활에서 올리브유 활용도가 상상을 초월한다. 스페인에 살며 배운 올리브유 알짜 활용법을 공개한다.

1. 샐러드 드레싱과 모든 음식에 가미
올리브유와 발사믹식초를 가미한 샐러드는 스페인 식단의 기본. 스페인 사람들은 거의 모든 드레싱에 올리브유를 넣어 먹는다.

2. 저장음식 보존료
스페인에서는 온갖 식재료나 음식을 올리브유에 저장한다. 공기를 차단해 산성화를 막아주기 때문이다. 해놓은 음식을 올리브유에 재워 넣고, 물 증기로 병조림을 만들면 1년은 거뜬히 버틸 저장음식이 된다. 단, 밀봉을 철저히 해야 한다.

3. 공복에 '오일풀링' 하기

오일풀링(Oil-pulling)은 몸속 노폐물과 독소 제거에 효과가 있다고 한다. 아침에 일어나 올리브유 한 스푼을 입속에 머금고 구석구석 헹군 뒤 뱉어낸 다음, 물로 입가심하는 방법이다. 입 냄새나 설태가 올리브유의 기름기를 만나 흡착, 제거된다.

4. 샴푸에 섞어 모발 보호

샴푸 한 컵당 올리브유 두 스푼을 섞는다. 미지근한 물로 헹궈야 머릿결이 더 부드럽다. 머리 버짐(백선), 비듬을 없애는 데도 효과가 있다.

5. 핸드크림이 없을 때

스페인 사람들은 손이 거칠고 건조할 때 올리브유를 바르기도 한다. 올리브유는 전통적으로 피부를 매끈하게 해주는 화장품으로 쓰인다.

6. 한겨울 피부 관리

손발이 트고 찢어질 때는 호밀가루와 올리브유를 적당히 섞어 갈라진 피부에 발라보자. 금세 피부 재생 효과를 느낄 수 있을 것이다.

7. 천연 마사지 오일

식물성 오일인 올리브유는 마사지용으로도 그만이다. 향기 나는 첨가제는 들어 있지 않지만 세포 조직에 영향을 줘 피부 관리에 좋다.

8. 짙은 화장 지우기

나는 눈화장을 지울 때 올리브유를 쓴다. 모공으로 나온 노폐물을 지우고 물로만 헹군다. 약간의 기름기가 남아 수분 유지에도 좋다.

9 고급 비누 만들기

유럽 왕실에서 사용하던 고급 비누는 올리브유로 만들었다고 한다. 우리 집에서도 올리브유 찌꺼기로 세탁비누를 만들어 쓴다.

10. 타박상 치료

올리브유와 화이트 와인을 섞어 카타플라스마(Cataplasma, 수분이 포함된 파스와 같은 약제)를 만든다. 이것을 거즈에 적셔 다친 곳에 붙여둔다.

11. 경미한 화상 치료

화상을 입었을 때 올리브유에 레몬즙을 짜서 발라주면 좋다.

12. 결막염 치료

올리브유와 꿀을 섞어 거즈에 발라 눈 주위를 30분간 닦아준 다음, 물로 헹궈내면 충혈된 눈이 가라앉는다. 또는 국화 찻물에 눈 씻기.

13. 아기 이유식에 첨가

첫아이의 이유식이 고형식으로 변해갈 때쯤 소아과 의사가 "이유식에 올리브유를 서너 방울 넣으면 변비에 좋고 뼈와 뇌 발달에도 좋아요."라고 말했다.

14. 아기 피부 보호
국화차에 올리브유 몇 방울을 떨어뜨려 식힌 후 아기 피부에 발라준다. 국화 대신 라벤더도 좋다. 은은한 향기도 나고 면역력도 길러준다.

15. 아기 머리카락과 두피 보호
올리브유와 로즈마리 에센스를 거즈에 묻혀 아기 머리에 골고루 바르고 10분 후 샴푸해준다. 올리브유만 사용해도 효과 만점.

16. 피부에 붙은 개 진드기 처치
산과 들에 다니며 개 진드기를 묻혀 오는 남편 몸에 올리브유를 발라준다.

17. 머릿니 처치
샴푸와 올리브유를 섞어 머리를 감는다.

18. 반려동물의 장 보호
반려동물의 장내 세균을 없애기 위해 올리브유를 입에 투여한다.

19. 체내 기생충 제거
몸속 기생충을 제거하기 위해 옛날에는 올리브유를 마셨다고 한다.

20. 장식용 등잔불 밝히기
집에 인테리어 소품용 등잔이 있다면 소량의 올리브유를 넣고 불을 켜보자.

스페인
산골 생활의 묘미,
트러플

어느 추운 겨울, 산똘이 들뜬 얼굴로 황급히 집에 돌아왔다. 행복에 겨운 표정이었다.

"오늘 뭐 기분 좋은 일 있어?"

그는 손에 들고 온 무엇인가를 보물이라도 되는 양, 소중하게 펼쳐보았다. 작은 돌덩이 같았다. 흙이 묻어 지저분하고 시커멓고 볼품없는 모양새였다. 나는 눈살을 찌푸렸다. 게다가 은은하면서 희한한 냄새까지 풍겼다.

"도대체 이게 뭐야?"

"응, 부업하고 받아온 물건이야."

아, 부업하고 현금을 받아오면 좋으련만! 뭐니 뭐니 해도 이 남자에게는 '머니'보다 '인정'이 우선이고 시골 경제는 '돈'이 아닌 '정'으로 움직인다.

그즈음 남편이 하던 주요 부업은 인터넷 안테나를 설치해주는 일이었다. 또 다른 부업은 마을 이웃이나 노인을 도와주는 일이었는데 사실 부업이라기보다는 이웃을 돕는 선의의 행동 정도다. 그래서 산똘은 정당한 노동의 대가를 '돈'보다는 '노동

교환', '재능 기부' 같은 형태로 받는 걸 좋아했다. 어떤 이웃은 무너진 돌담을 수리해주었고, 어떤 이웃은 아이들을 보살펴주었고, 어떤 이웃은 자신이 재배한 채소를 주었다.

그날 남편은 부업 후 집으로 돌아오는 길에 마르셀리노 할아버지를 만나 댁까지 차로 모셔다드렸다고 한다. 그리고 할아버지 댁에 들른 김에, 낡은 개집 지붕을 수리해드렸다. 평소 개들과의 산책을 즐기시는 마르셀리노 할아버지는 고마움의 표시로 이 시커먼 물건을 남편에게 보상으로 주셨다.

"난 이게 맛없는데…… 왜 외지인들은 그렇게 좋아하는지 몰라."

할아버지는 별로 좋아하시지 않지만 외지인이 다들 좋아하니 우리도 좋아하리라 생각하신 듯하다. 산똘이 보물처럼 소중히 가지고 온 것은 평소 말로만 듣던 트러플(Truffle)이었다. 트러플은 한국인에게는 매우 생소한 버섯이다. 보통 우리는 송로버섯이라고 부르는데 트러플의 어원은 투버(Tuber)라는 라틴어다. 덩이줄기, 부딪혀 생긴 혹, 결절, 종기, 종장, 암, 꼽추, 곱사등, 버섯의 일종이라는 뜻이다. 이 라틴어가 유럽 전역으로 퍼지면서 다양한 형태의 단어로 정착하게 되었다. 흔히 알려진 트러플(Truffle)은 영어이며, 트뤼프(Truffe)는 프랑스어다. 스페인에서는 트루파(Trufa) 또는 토포나(Tofona), 이탈리아에서는 타르투

포(Tartufo) 등으로 불린다.

"이게 바로 세계 3대 진미라는 트러플이란 말이지?"

처음 보는 트러플은 참 신기했다. 골프공 크기의 진한 향이 진동하는 이 땅속 버섯이 왜 그렇게 귀한 걸까. 트러플은 18세기 프랑스 대법관이자, 미식가인 장 앙텔므 브리야 사바랭(Jean Anthelme Brillat-Savarin)이 제일 좋아한 버섯이라고 한다. 또한 그는 이 검은 트러플을 '부엌의 흑다이아몬드'라고 명명했다.

"그래서 사람들이 보석, 보석 하는구나."

나는 환호를 질렀다. 미식가들은 없어서 못 사먹는다는 이 고가의 트러플이 내가 사는 곳에서 그저 평범하게 자란다는 사실이 신기했다. 마치 내 삶의 모습 같기도 했다. 부족하기 짝이 없는 이 고산의 삶이 사실은 보석 같이 귀한 삶이라는 것 말이다.

다음 날 아침, 남편은 냉장고 안에서 강한 향을 풍기는 트러플을 꺼내 세상에서 가장 평범하지만, 보석과도 같은 아침식사를 준비했다. 닭장에서 신선한 달걀을 가져와 프라이팬에 구워 내고 그 위에 푸짐하게 트러플을 갈아 올렸다. 보기에는 단순하기 짝이 없는 아침 식사였다.

"이 요리가 트러플 덕분에 이런 가치를 발휘할 줄이야."

우리를 행복하게 하는 것은 뭐니 뭐니 해도 머니(Money)가

아니라, 친밀감과 소통이 가득한 일상이 아닐까. 서로 필요한 부분을 채워주고, 돈이 없어도 인정을 나누며, 이웃이 어려울 때 손을 내밀어 도와주는 행동, 내가 어려울 때 부담 없이 이웃을 부를 수 있는 환경, 인간이기에 빛나는 그 보석을 우리는 현대 문명 안에서 너무 잃어가는 것은 아닌지……. 나는 이런 시골 생활을 통해 인간 본성의 어떤 보석을 발견한 듯하다. 시골이라고 인심이 좋은 것이 아니라, 느린 시골 생활이 인심을 키워준다는 사실을 도시에 살던 우리 부부는 이제야 깨달아가고 있다.

보이지 않는 땅속에서 큰 인정의 향기를 내며 살아가는 '인간 트러플'이 이 고산에 가득하다. 그 향이 아주 짙게 우리 삶에 배어든다.

식탁의
바른 혁명

다양한 재료를 구하기 어려운 시골 생활 덕분에 내 식탁에도 큰 변화가 있었다. 몸소 텃밭을 일구고, 동물을 키우고 잡는 과정을 접하다 보니, 음식이 그냥 얻어지는 게 아님을 절절히 느낀다.

우리가 먹는 음식이 얼마나 많은 공장 시스템의 과정을 거쳐 식탁에 도착하는지, 얼마나 많은 동물을 잡아야 식당에서 원하는 불고기를, 삼겹살을, 햄버거를 먹을 수 있는지 모른다. 그래서 양심적인 식탁을 차려야겠다는 자각이 일었고, 적어도 내가 먹는 음식만은 어디에서 오고 어떤 과정을 거치는지 알고 싶었다.

인류 역사상 이렇게 잘 먹고 잘 사는 시절은 없었다고 한다. 불과 한 세기 전에는 고기가 먹고 싶어도 축제 날에나 가능했다. 마음껏 먹고 싶어도 계절에 따라 나는 작물에만 의존할 수밖에 없었으니 곡류는 물론이거니와 채소도 마음껏 먹을 수 없었다. 그런데 요즘에는 원하기만 하면 어디서든 고기와 채소를 쉽게 구할 수 있다. 하지만 이런 소비문화의 뒷면을 보면 긍정적인 변화만은 아님을 알 수 있다. 특히 세상에는 잘 먹지 못해 죽는 아이들이 많다는 사실과 전 세계 식량 산업이 모두에게 공정하지 않다는 사실을 더불어 알면, 음식을 대할 때 더욱 신중해야겠다는 생각이 든다.

파리에서 열린 OECD 세계 환경 대책 회의 발표에 따르면 자동차, 비행기 배기 가스량보다 이산화탄소를 많이 배출하는 산업이 바로 육류 산업이라고 한다. 우리가 먹는 그 고기는 공장에서 기계식으로, 엄청난 이산화탄소를 배출하며 생산된다. 그렇다면 고기를 줄이고 채소만 먹으면 괜찮은가? 그것도 아니다. 겨울에 나지도 않는 신선한 채소를 먹기 위해 온도, 수분 등을 조절하는 에너지 시스템의 온실 재배 또한 만만치않은 환경 파괴의 원인이 된다. 또는 외국에서 수입이라도 할라 치면 그 운송 수단의 가스 배출량은 또 어떠한가?

그래서 과식하지 않고 소식(小食)하며, 원산지 모를 가공 육류와 재료는 삼가고, 제철에 나는 식재료를 이용하려 노력하고 있다. 옛날 사람들은 지금처럼 다양하고 맛있는 음식을 먹지는 못했지만, 자신이 속한 환경 안에서 소박한 생산과 소비로도 충분한 생을 살았을 것이다.

음식을 잘하지는 않지만 이왕 시골에서 사는 기회에 양심을 지키며 식사를 차려내려고 노력하는 것이 내게는 또 하나의 큰 발전이다. 직접 요리한 음식을 식탁에 올렸을 때 감사한 마음으로 즐기는 생활이야말로 먹을거리에 대한 진정한 보답이 아닐까 싶다. 빵을 굽고, 음식을 저장하며, 아이들이 좋아하는 간식거리도 만들고, 집에서 키운 칠면조를 잡을 때는 감사하는 마음으로 넘치지 않게 먹는 양심. 무엇이든 넘쳐나는 세상에서 소박한 밥상을 지키려는 것. 이런 소소한 실천이 인간과 자연, 인간과 동물, 인간과 생태계를 위한 공생의 한 방법으로 미래를 지탱하는 작은 버팀목이 되지 않을까 싶다.

12월,
한 해를
마감하는 방법

해발 1200미터, 비스타베야 평야의 겨울은 길고 혹독하다. 거센 바람이 끊임없이 불어대니 지루하더라도 참아 내는 수밖에 방법이 없다. 춥기만 하면 오히려 옷을 더 껴입고 견디기라도 하는데, 바람이 불면 어찌 방법이 없다. 외출은 접고 집에 틀어박혀 있어야 한다. 아이들도 답답해 짜증을 내고, 환기하지 못한 내 마음도 어디쯤에 추락하여 동면 정지 모드에서 빠져나오질 못한다.

아이가 셋이라 그나마 다행이다. 아이들끼리 무궁무진한 상상의 세계를 펼치며 밖에 나가지 않고도 똘똘 뭉쳐 놀 수 있기 때문이다. 12월에는 아이들이 가장 기대하는 크리스마스가 있다. 스페인에서는 크리스마스를 '나비닫(Navidad)'이라고 하는데 영미 문화권과 비교하면 큰 축일은 아니다. 오히려 1월 6일 아기 예수를 축복하기 위해 온 '동방 박사의 날'이 더 성대한 국경일이다. 크리스마스는 핼러윈과 마찬가지로 현대의 북미 문화권에서 들어온 신문화에 가깝다.

그래도 산타 할아버지의 선물 보따리는 아이들에게 없어서는 안 될 12월의 큰 이벤트다. 우리 '참나무 집'도 그냥 지나칠 수 없다. 추운 겨울날, 동면 모드에서 빠져나오는 가장 큰 계기는 '산타 할아버지 맞이하기'가 아닐까 싶다. 북유럽 동화에서나 볼 법한 눈 쌓인 전나무는 없지만, 우리 집 농가에 맞게 우리는 예쁜 참나무를 찾으러 간다. 물론, 아빠는 참나무 가지를 치는 의미로 나무를 해오지만, 아이들에게는 전나무만큼이나 훌륭한 크리스마스트리다. 아이들은 트리에 달라붙어 열심히 장식한 후 받고 싶은 선물 목록을 작성한다. 나는 산타 할아버지가 선물을 다 가져오지는 못하니 가장 갖고 싶은 것 하나만 선택하라고 조언한다. 아이들은 이런 과정 속에서 정말 가장 갖고 싶은 게 무엇인지, 가장 필요한 게 무엇인지를 배우는 게 아닐까? 우리 부부도 덕분에 아이들의 선물을 사는 소소한 즐거움을 누린다. 그저 설레는 아이들 얼굴을 보는 것만으로도 추운 겨울이 동심으로 훈훈해진다.

어른들에게도 행사가 있다. '참나무 집'에서 7킬로미터 정도 떨어진 비스타베야 마을에서는 크리스마스를 맞이하여 이웃들과 저녁 식사를 한다. 온 동네 주민들이 모두 모이는 자리다. 비스타베야에 들어온 첫해에 마을회관에서 성대한 저녁 식사가 열렸다. 호기심이 발동한 우리 부부는 마을 사람들을 만나보기

위해 식사 자리에 갔다. 여러 개의 큰 냄비에서 양고기가 구수하게 익어가고 있었다. 이웃이 키우던 양을 잡아 다 함께 나누어 먹는 것이라고 했다. 이 작은 시골 마을에서도 이웃끼리 일상을 공유하는 커뮤니티가 존재한다니 신기했다.

한 동네 젊은이가 우리를 환영하는 인사를 해주어 수줍음을 떨치고 공식적으로 그룹에 끼게 되었다. 누군가가 자비로 베푼 저녁 식사에 마을 사람들은 각자 집에서 음식을 가져와 보답했고, 식탁은 금세 갖가지 요리로 채워졌다. 약 200명의 주민이 한자리에 앉아 웅성웅성 한 해의 마지막 달을 기념하고, 마지막 날을 아쉬워하는 모습이 보기 좋았다. 이 추억은 나에게 특별하다. 그해 첫아이를 임신하고 동네 주민들의 축복을 많이 받았다. 작은 체구의 한국 여성이 공식적으로 이 마을의 주민이 된 첫해이기도 했다.

지나가는 해가 아쉽지만 세월은 언제나 멈추지 않고 흐르는 법. 비스타베야 사람들은 그런 흐름을 아쉬워하기보다 오히려 신나게 축제로 장식한다. 심지어 12월 마지막 밤을 보내기 위해 이웃 마을 사람들이 원정대를 꾸려와 함께 놀기도 한다. 마을회관에서 댄스파티도 열린다. 그곳에 가면 양치기 아저씨 라몬도 볼 수 있고, 시청에서 근무하는 공무원, 마을 학교 선생님, 시골 소방대원, 벽돌공 아저씨, 매번 구멍가게에서만 만나던 주인,

그동안 소식이 뜸했던 이웃……. 비스타베야에 사는 거의 모든 사람들을 만날 수 있다. 다들 한 해를 잘 보내셨나요? 하며 올해 있었던 일들을 이야기하다 보면 아쉬웠던 일도, 나빴던 액운도 세월과 함께 날아가는 듯하다.

댄스파티가 끝나고 자정이 되면 마을 광장의 성당 종루에서 종이 열두 번 울린다. 이 종소리에 맞춰 포도 열두 알을 먹어야 한다. 이 풍습은 19세기 알리칸테(Alicante)나 무르시아(Murcia) 지방에서 시작되었다고 한다. 포도 농사가 풍년이 든 해의 겨울에 난 모스카텔(Moscatel) 포도를 먹으면 새해 소망이 이뤄진다고 믿는 풍습인데 스페인 전역으로 퍼져 자리 잡았다고 한다. 비스타베야 사람들도 소원 성취 포도를 먹으며 열두 가지 소원을 빈다. 그렇게 한 해를 마무리하며 다가올 새해 소망을 기원한다. 미리 빌고 싶은 소원도 준비해 두면 한 해를 잘 정리하는데 도움이 된다.

비스타베야의 12월, 깊어가는 겨울날, 고요하게 가라앉은 사위 속에서 나는 조용히 생각에 잠긴다. 지난날을 되돌아보고, 앞으로 나아가야 할 방향은 어디인지, 미래의 우리 삶은 어떨지, 내 삶을 나답게 지켜나가는 방법은 무엇인지…….

전기 없는
겨울밤의 풍경

"아빠, 전기가 뭐예요?"

산드라가 묻는다. 아빠는 아직 어린 딸에게 전기를 어떻게 설명해줄까.

"음, 전기는 우리의 생활을 편하게 돕는 에너지야. 너희들이 텔레비전을 볼 수 있는 것도, 엄마가 컴퓨터로 글을 쓰는 것도, 세탁기가 옷을 빨아주는 것도 다 전기 덕분이란다."

"그럼 전기는 좋은 거네요."

아이가 고개를 끄덕이자 남편의 설명이 더 이어졌다.

"전기는 신과 비슷해서 눈에 보이지 않지만 꼭 필요한 존재지. 그래서 평소에 전기를 낭비하면 정말 필요할 때 큰 시련이 올 수도 있어. 항상 아껴 써야만 하는 거란다."

요즘 도시에 사는 아이들 중 몇이나 이렇게 전기 걱정을 하면서 살까? 태양광 전지를 쓰는 우리 가족은 계절과 날씨에 따라 시시각각 전기 걱정을 해야 한다. 그리고 이런 환경은 우리 집의 풍경을 남다르게 만든다. 여름은 아무 문제가 없다. 작열하는 태양 덕분에 배터리가 언제나 가득 충전돼 있으니 전기 걱정

없이 일상이 굴러간다. 문제는 가을, 겨울이다. 특히 겨울은 온 가족이 전기와 한바탕 전쟁을 치른다. 전기 부족으로 인한 우리 집만의 진풍경이 몇 가지 있다.

겨울에 세탁기를 전혀 사용할 수 없다. 기본 1000와트만을 필요로 하는 초절전 세탁기지만 이걸 사용할 수 없을 정도로 태양광 충전이 부족하다. 그래서 겨울이 오면 우리 집 빨래는 한없이 쌓여간다. 작은 옷이야 그때그때 손으로 빨지만 두꺼운 옷이나 이불은 엄두가 나지 않는다. 그렇다고 마냥 방치할 수도 없어서 생각해낸 것이 시댁으로의 원정 빨래다.

"딸들아, 할아버지 할머니 뵈러 갈 때가 됐네. 출동!"

명분은 언제나 손녀들을 그리워하는 시부모님과 아이들을 만나게 해주는 것이지만 나는 시댁에 도착하기 무섭게 빨래부터 돌린다. 우리 사정을 잘 아시는 부모님도 스스럼없이 빨래를 다 받아준다.

한겨울밤의 풍경은 더 고색창연하다. 원래 우리는 텔레비전을 보지 않았다. 하지만 아이들이 태어난 이후에는 한국말을 익힐 수 있도록 한국 애니메이션 몇 편을 틀어주는 수준으로 최소한만 보여준다. 사실 아이들이 텔레비전을 보는 시간은 내가 어떠한 방해도 받지 않고 일할 수 있는 시간이기도 하다. 하지만 겨울에는 전기가 부족해 그마저도 할 수 없다. 이럴 때는 그저

전깃불 하나를 켜놓고 다섯 식구가 옹기종기 모여 앉아 놀아야 한다. 마치 빈센트 반 고흐의 그림 「감자를 먹는 사람들」을 연상하면 딱 맞다. 나는 주로 음식을 준비하면서 아이들에게 놀이를 제안한다.

"이번엔 사라가 왕관을 쓸 수 있게 산드라가 만들고 누리가 색칠하는 거야."

작은 전깃불 아래 곰살맞게 모여 앉은 아이들은 귀여운 손을 연신 움직여 뭔가를 만들어낸다. 산똘은 어둠을 헤집고 동물들에게 먹이를 주고 장작을 가져와 난로에 불을 지핀다. 이렇게 온 가족이 모여 앉아 이야기를 나누다 보면, 전기만 없다뿐이지 집 안의 온도는 영하로 떨어진 바깥 온도가 무색할 정도로 후끈 달아오른다.

우리의 겨울은 마치 전깃불도 없이 온 가족이 화롯불 하나에 모여 앉아 고구마를 굽던 내 어릴 적 한국의 시골 풍경과 다르지 않다. 처음에는 춥고 두렵기만 하던 겨울 생활도 이제는 익숙해졌다. 도시에서 살 때는 그 소중함을 전혀 몰랐던 전기를 우리는 매 순간 아껴가며 살고 있다.

도시에서 한 번도 살아보지 않은 아이들은 이런 환경을 자연스럽게 받아들이며 자란다. 비교해볼 경험이 없으니 불편함도 잘 모르는 것이다. 세 살배기 적부터 전기 아끼는 습관이 든 우리 아이들은 방을 오갈 때마다 언제나 불을 끈다. 고사리손으로 '딸칵' 전기 스위치를 끄는 아이의 모습이 얼마나 사랑스러운지 모른다.

Epilogue

오
늘
의
행
복

어느 한가한 토요일 오전, 아이들은 늦게 일어나 여유롭게 아침을 먹고 점토로 그릇을 만드는 데 열중하고 있었다. 고사리손으로 요리조리 빚어내는 그릇이라 볼품없었다. 구멍이 송송 나거나, 더 잘 만들려고 눌러대다 보니 너무 얇았다. 하지만 제각각 만들고 싶은 대로 빚어 개성이 넘치고 재미있는 모양이었다. 그릇은 아이들을 닮아 순수하고 귀여웠다.

사라는 그릇을 다 만들었는지 잠시 빈둥거렸다.

"엄마, 오늘 비가 올 것 같아요."

아이는 깊은 눈으로 하늘을 유심히 올려다보면서 나에게 툭 말을 던졌다.

"왜 비가 올 것 같아?"

"하늘을 보면 다 알 수 있어요."

나는 순간 얼어붙는 듯했다. 아이가 어떻게 그런 느낌을 알고 표현하는 것일까? 내가 그동안 아이들이라고 너무 얕잡아 본 것은 아닐까 싶었다. 인간은 누구나 이런 본능적인 직감을 가지고 태어나는 게 아닐까? 우리가 자연에서 너무 멀리 떨어져 도시에서 살다 보니 이런 감각을 잃어버린 게 아닐까?

우리 집에 놀러왔던 한국 대학생이 떠올랐다. 그 젊은이가 비스타베야 생활에서 가장 감격스러워한 것은 밤하늘의 밝은 별이었다.

"정말 감동적이에요. 별이 이렇게 찬란한 줄은 꿈에도 상상 못했어요. 이토록 반짝이는 별을 보는 것은 아마도 태어나 처음인 것 같아요."

그 청년은 평생 서울에서 살아왔다고 한다. 그에게도 밤하늘의 별을 볼 권리가 있건만, 세상에 태어난 지 20년이 흐른 후에야 별을 제대로 볼 기회를 가졌다니 안타까운 마음이 들었다. 그러나 조금 늦더라도 자연이 주는 감동을 만끽하고 경험한다면 얼마나 축복받은 일인가. 잊지 않으면 된다. 우리가 어디에서 오고 어디로 가는지를, 우릴 감싸는 것은 결국 자연이라는 것을.

사라의 말대로 그날, 하늘은 구름을 몰고 왔다. 오후가 되자 빗방울이 똑똑 떨어지기 시작했다. 비는 우리 집 지붕을 경쾌하게 울렸다. 햇볕에 바랜 스페인 고산 평야의 대지 색을 짙게 해줄 시원한 물줄기가 사방에 스며들었다.

우리 가족,
숲에서 살기로 했습니다

2019년 2월 15일 초판 1쇄 발행
2020년 5월 8일 초판 2쇄 발행

지은이 | 김산들
발행인 | 윤호권 박헌용
마케팅 | 조용호 정재영 이재성 임슬기 문무현 서영광 이영섭 박보영

발행처 | (주)시공사
출판등록 | 1989년 5월 10일(제3−248호)

주소 | 서울시 서초구 사임당로 82(우편번호 06641)
전화 | 편집(02)2046−2847 · 마케팅(02)2046−2881
팩스 | 편집 · 마케팅(02)585−1755
홈페이지 | www.sigongsa.com

ISBN 978-89-527-9554-0 03810

이 도서의 국립중앙도서관 출판예정도서목록(CIP)은 서지정보유통지원시스템
홈페이지(http://seoji.nl.go.kr)와 국가자료공동목록시스템(http://www.nl.go.kr/kolisnet)에서
이용하실 수 있습니다.(CIP제어번호: CIP2019000830)